UPSC की दौड़ में कछुआ

डी. पी. साहू

यह उपन्यास, उन सभी संघर्षशील युवाओं को समर्पित है —
जो जीवन की दौड़ में 'कछुए' की तरह चलते हैं, पर कभी हार
नहीं मानते। जो गरीबी, अपंगता, और असमानता के बावजूद
सपनों को थामे रहते हैं।

यह कृति समर्पित है:

मेरे माता-पिता को —
जिनकी तपस्या, त्याग और प्रेम ने मुझे जीवन की दिशा दी।

मेरी बड़ी बहन को —
जो हमेशा एक छाया की तरह मेरे पीछे खड़ी रहीं, माँ जैसी
ममता और पिता जैसी प्रेरणा बनकर। जिनकी उपस्थिति ने
हर कठिन मोड़ पर मुझे संभालने का काम किया।

भगवान श्री हरि नारायण (विष्णु) को —
जो सृष्टि के पालनकर्ता हैं, और जिनकी कृपा से जीवन की हर
यात्रा में आशा बनी रहती है।

उन माताओं को, जिनके आँचल से आत्मबल निकलता है —
जो हर बेटे को लड़ना सिखाती हैं, चुपचाप, लेकिन पूरी ताक़त
से।

— डी. पी. साहू

क्रम-सूची

क्रम-सूची

प्रस्तावना

"UPSC की दौड़ में कछुआ" कोई साधारण कहानी नहीं है।
यह एक ऐसे युवा की जीवन यात्रा है जो न किसी को पीछे
छोड़ना चाहता है, न खुद पीछे रहना चाहता है।

राजू मुण्डा — एक किसान का बेटा, एक विकलांग बच्चा, एक
गरीब छात्र —
अपनी जड़ों से बँधा हुआ ऐसा लड़का है जो हर उस व्यक्ति का
प्रतिनिधित्व करता है
जो अपने हालात से नहीं, अपने हौसले से पहचान बनाना
चाहता है।

इस उपन्यास में आपको संघर्ष मिलेगा, आँसू मिलेंगे, लेकिन
सबसे ऊपर —
उम्मीद और आत्मबल मिलेगा।

यह कहानी गाँवों से उठने वाले उन स्वप्नदृष्टाओं की है
जिनका मन बड़ा होता है, भले ही साधन छोटे हों।

मैं चाहता हूँ कि इस किताब को पढ़ने वाला हर पाठक
खुद से यह कहे —
"मैं भी बड़ा बन सकता हूँ।"

भूमिका

इस किताब की भूमिका केवल एक लेखक की नहीं —
बल्कि उन लाखों छात्रों की है जो देश की सबसे कठिन परीक्षा
— UPSC — को
महज़ एक नौकरी नहीं, बल्कि एक ज़िम्मेदारी समझते हैं।

"कछुए" की गति प्रतीक है — धैर्य, संकल्प और निरंतरता का।

इस भूमिका के माध्यम से मैं हर पाठक से यही कहूँगा —
कि तेज़ भागना ज़रूरी नहीं,
सही दिशा में टिके रहना ही असली दौड़ है।

— डी. पी. साहू

आमुख

प्रिय पाठकों,

यह उपन्यास केवल एक कहानी नहीं —
एक भाव है, एक प्रतिज्ञा है, कि भारत का कोई भी कोना इतना
दूर नहीं,
जहाँ से ऊँचाई तक पहुँचा न जा सके।

यह किताब अगर आपको प्रेरित करती है,
तो कृपया किसी ऐसे को ज़रूर पढ़ाइए —
जो अपने आप में भरोसा खो बैठा है।

क्योंकि एक कछुए की जीत,
हर हारे हुए खरगोश के लिए उम्मीद बनती है।

— डी. पी. साहू

1

धूल, धूप और सपनों का गाँव

<u>**1. झारखंड की धड़कन: पारसनाथ की गोद में**</u>

झारखंड की धरती, जहाँ धूप भी धूल ओढ़कर उतरती है, और रातें इतनी शांत होती हैं कि हवा की साँसें भी सुनाई देती हैं। गिरिडीह जिले के बीचों-बीच, मधुबन थाना क्षेत्र के गहरे हरियाले में, आसमान को चूमता एक पवित्र पर्वत खड़ा था — पारसनाथ।

पारसनाथ, जिसे जैन धर्म में मोक्ष की भूमि कहा जाता था, जहाँ साधना करते-करते संतों ने देह त्यागी थी। पारसनाथ के गर्वित कंधों के नीचे, छुपा बैठा था एक छोटा-सा गाँव — पीरगंज।

पीरगंज, जहाँ हर सुबह धुंध पहाड़ियों से उतरती थी, और हर शाम ढलती धूप में घरों की परछाइयाँ लंबी होकर जमीन को चूमती थीं। यहाँ की मिट्टी भी किसी कहानी जैसी थी — कभी गीली, कभी सूखी, पर हमेशा ज़िंदा।

౭౨

2. मिट्टी का घर, खपरैल की छत

गाँव के पश्चिमी सिरे पर, एक आम के घने पेड़ की छाया में था — राजू का घर।

मिट्टी से गूंथा हुआ। खपरैल की पुरानी छत से ढँका हुआ। बरसात में जब छत से पानी टपकता था, तो माँ पुराने बर्तनों को सही जगह पर रख देती थी , जहाँ से बूँदें टप-टप गिरती थीं। आँगन छोटा था, जिसके एक कोने में टूटी हुई चारपाई पड़ी रहती थी, और दूसरे कोने में चूल्हे की बुझी राख बिखरी रहती थी। घर की दीवारें धूप से झुलसी थीं, मगर उन दीवारों के भीतर एक छोटा-सा संसार साँस लेता था —
राजू, उसकी माँ, और ढेर सारे अधूरे सपने।

౭౨

3. माँ — एक मूक धारा

राजू की माँ...
सीधी-सादी महिला थी। ना ज्यादा बोलने वाली, ना ज्यादा शिकायत करने वाली। जब चूल्हे पर रोटियाँ सेंकती, तो उसकी

आँखें धुएँ के पीछे कहीं खो जाती थीं, शायद बीते दिनों की यादों में, या आने वाले संघर्षों के डर में।

पति की बात को सिर झुकाकर सुन लेना, राजू को हर हाल में स्कूल भेजने की जिद करना, और खुद के सपनों को चुपचाप ताख पर रख देना, यही उनकी दिनचर्या थी।

෧ৎ

4. गाँव की गलियाँ, जीवन के रास्ते

पीरगंज की गलियाँ कच्ची थीं। बारिश में कीचड़ बन जातीं, गर्मियों में धूल उड़ती थी जैसे किसी ने धरती पर सफेद चादर बिछा दी हो।

बच्चे नंगे पाँव दौड़ते थे — गिल्ली-डंडा , क्रिकेट - फुटबॉल खेलते।
गांव में हँसी थी, लेकिन उस हँसी के पीछे एक अनकहा डर था —

कहीं अचानक कोई नक्सली दस्तक न दे दे।

गाँव के बड़े-बूढ़े आम के पेड़ के नीचे बैठते थे, कुछ बीड़ी पीते हुए, कुछ खैनी खाते, और धीमे स्वर में सरकार, पुलिस और नक्सलियों के बारे में बातें करते थे। यहाँ का हर आदमी सिर झुकाकर चलता था, जैसे हर दीवार के पीछे कोई खतरा छिपा हो।

෧ৎ

5. राजू — धीमे कदमों वाला सपना

राजू...
गाँव के बाकी बच्चों से अलग था।

जब सब बच्चे भागते-दौड़ते थे, राजू धीरे-धीरे लंगड़ा कर चलता था क्योंकि पैर में दिक्कत थी—
जैसे हर कदम सोचकर रखता हो, जैसे धरती पर चलने से भी डरता हो।

स्कूल के रास्ते में, जब बाकी लड़के धूल उड़ाते हुए दौड़ते थे, राजू धीरे-धीरे अपना बस्ता टाँगे चलता था। धीमे-धीमे, जैसे कोई कछुआ, जो जानता हो कि तेज दौड़ना कभी उसकी किस्मत में नहीं।

෴

6. "कछुआ" — एक जख्म, एक पहचान

" अरे लंगड़े, अरे कछुए!
कितना टाइम लगाएगा स्कूल पहुँचने में?"

"तब तक तो हाथी भी उड़ना सीख जाएगा!"

बच्चों की हँसी राजू के कानों में गूंजती थी, पर वह चुप रहता था। उनकी हँसी में छिपा जहर वह महसूस कर सकता था, पर जवाब नहीं देता था।

कभी-कभी वे उसकी नकल भी करते थे —
गरदन सिकोड़कर, धीरे-धीरे कदम बढ़ाते हुए, और फिर ठहाके लगाते थे।

राजू बस मुस्कुरा देता था — एक ऐसी मुस्कान, जो उसके भीतर गहरी चुभती थी। वह जानता था —
उसे तेज़ नहीं भागना आता, लेकिन उसे पता था कि अगर वह चलता रहेगा —
तो एक दिन उस मंज़िल तक पहुँचेगा जहाँ कोई मजाक नहीं करेगा।

৩

7. स्कूल — शिक्षा या रस्म अदायगी?

राजू का स्कूल एक टूटी हुई इमारत थी।
दीवारों में दरारें थीं, छत से धूल झड़ती थी, और कक्षाएँ अधूरी थीं।

मास्टर जी अक्सर देर से आते, या आते ही नहीं। जो पढ़ाई होती
थी, वह बस औपचारिकता थी।
कभी कोई कविता याद करवाई जाती, कभी पहाड़े सुनने को
कहा जाता —
लेकिन पढ़ाई में जान नहीं थी।

राजू को यह समझ आ गया था —
अगर कुछ बनना है, तो उसे खुद अपने रास्ते खोजने होंगे।

❧

8. नक्सलियों की परछाइयाँ

गाँव की सबसे बड़ी सच्चाई थी —
डर।

झारखंड नया-नया बने हुए कुछ साल हुए थे, नक्सली अपना
प्रभाव बढ़ाने के लिए बहुत ही हलचल कर रहे थे। नक्सली गाँव
में किसी भी वक्त आ सकते थे। दिन में, रात में, बारिश में, धूप
में —
कभी भी। वे घरों में घुसते, अनाज माँगते, पैसे माँगते और
अगर ना मिले, तो धमकी देकर चले जाते। गाँव वालों ने डर
को अपने जीवन का हिस्सा बना लिया था, जैसे छाया सूरज के
साथ चलती है।

राजू ने भी डरना सीख लिया था —
हर तेज आवाज़ पर चौंकना, हर अजनबी को शक से देखना।

৩

9. पिता का साया

राजू के पिता धर्मेंद्र मुंडा —
मेहनती किसान, जिनकी ज़मीन छोटी थी, पर मेहनत बड़ी। वे
सब्जियाँ उगाते थे, बाजार जाकर बेचते थे, और किसी भी हाल
में हार नहीं मानते थे। लेकिन उन्हें भी नक्सलियों को टैक्स
देना पड़ता था —
कभी सब्जियाँ, कभी पैसे। उनकी आँखों में गुस्सा होता था, पर
होंठ सिले रहते थे।

राजू उन्हें देखता था और भीतर कहीं चुपचाप जलता था।

৩

10. वह मनहूस शाम

एक दिन —
जब सूरज डूब रहा था, और गाँव की गलियों में अजीब-सी चुप्पी
फैल गई थी, राजू अपने आँगन में बैठा था। माँ चूल्हे पर रोटियाँ
सेंक रही थी, पिता खेत से लौट रहे थे, हथेलियों में मिट्टी, कंधे
पर थकान। तभी, गली के मोड़ पर नकाबपोश लोग प्रकट हुए।
बंदूकें चमकती हुईं।

राजू ने देखा —
कैसे उसके पिता को घेरा गया, कैसे उनसे कुछ पूछा गया, और

कैसे जवाब से पहले ही दो गोलियाँ चलीं।

धाँय! धाँय!

माँ चीखी। राजू जड़ हो गया। उसकी आँखों के सामने दुनिया का सबसे बड़ा अँधेरा छा गया।

৩০

11. टूटता बचपन

उस रात से राजू बच्चा नहीं रहा। अब वह होटल में काम करने लगा। झूठे बर्तन धोता, फर्श पोंछता, और हर रात थके हुए शरीर से टूटी किताबों में झाँकता।

बच्चे अब भी उसे "कछुआ" कहते थे —
लेकिन अब उसकी आँखों में दर्द की जगह एक धीमी आग थी।

एक ऐसी आग, जो एक दिन इस धूल भरे गाँव से उठकर आसमान छूने वाली थी।

৩০

2

पहली त्रासदी – गाँव पर नक्सली हमला और पिता की मौत

<u>1. साँझ का सन्नाटा</u>

सूरज अपनी अंतिम किरणें पारसनाथ की पहाड़ियों के पीछे छोड़ चुका था। गाँव पर एक अजीब-सी पीली रोशनी छाई थी, न दिन रहा था, न पूरी रात हुई थी।

पीरगंज की धूल भरी गलियाँ अब सुनसान हो चुकी थीं। खेतों से लौटते किसान अपने कंधों पर हल और थकान ढो रहे थे। चूल्हों से उठता धुआँ, घर की औरतों की हलकी-हलकी चहलकदमी, बच्चों के खेलने की टूटती हुई हँसी, यह सब मिलकर एक अधूरी शाम का गीत गा रहे थे।

राजू आम के पेड़ के नीचे बैठा, अपने पैरों से धूल में अनजानी आकृतियाँ बना रहा था। उसकी माँ आँगन में चूल्हे पर रोटियाँ सेंक रही थी। पिता दूर खेत से सब्जियों से भरी टोकरी लेकर लौट रहे थे।

सब कुछ सामान्य था। कम से कम ऊपर से देखने पर। पर हवा में एक असहज सी खुश्की तैर रही थी, जैसे कोई तूफान दबे पाँव आ रहा हो।

৩৩

2. अजनबी आहटें

राजू के कान अचानक खड़े हो गए। दूर जंगल की तरफ से कुछ सरसराहट आई थी। हवा एक पल को जैसे थम गई थी।

"राजू, अंदर आ जा," माँ ने आवाज़ दी, पर राजू ने सुनने का नाटक नहीं किया।उसका मन जैसे बँध गया था ,उस अनजानी आवाज़ में कुछ खींचता हुआ। कुछ ही मिनटों बाद, गाँव के दूसरे छोर से एक कुत्ते के भौंकने की आवाज़ आई ,तेज, घबराई हुई। फिर शोर — मिलीजुली चीखें, दौड़ते कदमों की आवाजें, और धड़ाम-धड़ाम दरवाजों के बंद होने की धमक।

राजू समझ गया —
वे आ गए थे।

৩৩

3. नकाबपोश नक्सली

चार–पाँच लोग थे। चेहरे ढके हुए, हथियार कंधों पर लटकाए
हुए। गाँव की गलियों में निडर घूमते हुए, जैसे गाँव उनका हो
और हम सब किरायेदार।

"पैसा निकालो!"
"चावल कहाँ रखा है?"
"सुनो! आज रात कोई घर से बाहर नहीं निकलेगा।"

उनकी आवाज़ें आदेश नहीं, फ़ैसले जैसी थीं —
जिन पर बहस करने का हक़ किसी के पास नहीं था।

गाँव वाले घरों के दरवाज़े बंद कर छेदों से सहमे हुए झाँक रहे
थे। राजू की माँ ने घबराकर चूल्हा बुझा दिया, घर की दीवारों
से लगकर खड़ी हो गई — जैसे चुप्पी में भी प्रार्थना छुपी हो।

राजू आम के पेड़ के पीछे दुबक गया। दिल की धड़कन इतनी
तेज़ थी कि उसे लग रहा था —
हर किसी को सुनाई दे रही होगी।

❧

4. पिता का सामना

राजू के पिता **धर्मेंद्र मुंडा**, जिनकी आँखों में कभी सच्चाई की सीधी रोशनी झलकती थी, अब सामने खड़े थे, और उनके सामने वे नकाबपोश लोग।

"अबे सुन !
बहुत दिन से तुम छुपके बैठे हो।
आज हिसाब देना पड़ेगा।"

राजू के पिता ने पल भर को सिर उठाया, फिर झुका लिया। उनकी मुट्ठियाँ बंधी हुई थीं, पर आवाज़ में अब भी डर नहीं था।

"भाई, इस महीने फसल भी नहीं हुई ढंग से,"
उन्होंने धीमे स्वर में कहा।
"जो है, दे दूँगा।"

नकाबपोशों के बीच एक आदमी आगे बढ़ा — उसकी बंदूक अब सीधी थी।

"बहुत बातें करता है!"
और बिना कोई चेतावनी दिए —
धाँय!

पहली गोली चली। छाती के पास।

राजू ने अपनी आँखों से देखा, उसके पिता एक झटका खाकर पीछे गिरे, टोकरी से सब्जियाँ बिखर गईं, और मिट्टी में लाल धब्बा फैल गया।

फिर दूसरी गोली चली।

❧

5. माँ की चीख और राजू की चुप्पी

माँ ने एक हाहाकार के साथ दरवाजा खोला। उसकी चीखों ने गांव की चुप्पी को चीर दिया।

"रुक जाओ! छोड़ दो मेरे आदमी को!"
वह दौड़ी, अपने हाथों से पति के गिरते शरीर को थामने की कोशिश की, पर नक्सलियों ने उसे धक्का देकर दूर कर दिया।

राजू वहीं खड़ा था — आम के पेड़ के पीछे, जड़, पत्थर बना हुआ। उसने अपनी मुट्ठियाँ भींच लीं। आँखें फटी की फटी रह गईं। चीख निकल नहीं रही थी। पैर ज़मीन से चिपक गए थे।

उसे लगा जैसे उसकी पूरी दुनिया —
उसके सपने, उसकी हँसी, उसका बचपन —
उसी खून से लथपथ मिट्टी में बह गया हो।

❧

<u>6. रात जो कभी खत्म नहीं हुई</u>

नक्सली कुछ देर गाँव में घूमते रहे। कहीं से अनाज उठाया, कहीं से पैसे छीने, और फिर जंगल की तरफ गायब हो गए। गाँव में फिर सन्नाटा फैल गया। एक ऐसा सन्नाटा, जो दीवारों में भी सरसराने लगा।

राजू की माँ अपने पति के निर्जीव शरीर के पास बैठी थी, कभी उसे झकझोरती, कभी चूमती, कभी रोते-रोते बेहोश हो जाती। राजू बस देखता रहा। ना रोया, ना चीखा।

उसकी आँखें अब जैसे खाली हो चुकी थीं —
एक ऐसे गड्ढे की तरह, जिसमें रोशनी भी डूब जाती है।

◌∞

<u>7. बचपन का मसान</u>

अगली सुबह, गाँव के कुछ लोग मिले —
किसी ने साहस किया पिता की अंतिम यात्रा के लिए लकड़ियाँ जुटाने का, किसी ने चुपचाप अर्थी सजाई।

राजू के पाँव लड़खड़ाते थे, लेकिन वह हर रस्म में चुपचाप खड़ा रहा। जब चिता जली, तो राजू को ऐसा लगा — जैसे उसमें उसका बचपन भी जल गया। अब उसके पास खेलने के लिए गिल्ली-डंडा नहीं था। अब उसके पास रोने के लिए आँसू नहीं

थे।

अब उसके पास बस एक चुपचाप बोझ था —
जिसे ढोना था, जीवन भर।

3

दर्द से सना बचपन

<u>1. चुप्पी का संसार</u>

पिता की चिता से उठता धुआँ अब भी राजू की यादों में बसा
था। आसमान कितना भी नीला हो जाता, पर उसके लिए वह
दिन अब हमेशा धूसर था। उसकी दुनिया अब दो रंगों में
सिमट गई थी —
धूल और खून।

माँ की आँखों में आँसू सूख गए थे। चेहरे पर जो एक स्थायी डर
और शोक की परछाई बैठ गई थी, वह दिन-ब-दिन और गहरी
होती जा रही थी। घर के आँगन में, जहाँ कभी पिता की हँसी
गूंजती थी, अब केवल चूल्हे की बुझती राख और दीवारों से
टकराती खामोशी थी।

राजू का बचपन —
अब किसी घड़ी की टूटी हुई सुइयों की तरह था — जो समय के
साथ चलने के बजाय, बस एक ही क्षण पर अटका रह गया था।

୧୬

2. काम की पहली थाली

पिता के जाने के बाद घर का चूल्हा जलाना एक युद्ध बन
गया था। माँ दिनभर खेतों में मजदूरी करती,
और राजू, अब गिल्ली-डंडा छोड़कर गाँव के छोटे-से होटल में
काम करने लगा था।

पहला दिन —
हाथ में गिलासों का एक भारी ट्रे था। पसीने से भीगी हथेलियाँ
कांप रही थीं।कमजोर कंधे उस बोझ को ढोने की कोशिश कर
रहे थे, जिसके लिए वह अभी तैयार नहीं था। ग्राहकों की
थालियाँ उठाना, झूठे गिलास धोना, फर्श पर गिरी चाय
पोंछना, और कभी-कभी झिड़कियाँ भी सुनना — यह सब अब
उसकी दिनचर्या बन गई थी।

होटल का मालिक —
मोटा, गुस्सैल आदमी —
अक्सर उसे डाँट देता था: "तेरा काम भी कछुए जैसा है! जल्दी
कर बे!"

राजू सिर झुकाकर सुन लेता था। कभी पलटकर जवाब नहीं देता था।

शायद आदत बन गई थी — सुनने की, सहने की।

∽

3. स्कूल — मजबूरी की पढ़ाई

काम के बाद बचा वक्त स्कूल के लिए था। लेकिन अब स्कूल जाना भी एक लक्ज़री जैसा लगता था। हाथों में झूठे बर्तनों की गंध बस जाती थी। फटी पुरानी किताबों से जब वह पढ़ने की कोशिश करता, तो आँखें खुद-ब-खुद झपकने लगतीं।

कभी कोई मास्टर कुछ पढ़ा देता, कभी पूरी कक्षा दिनभर खाली बैठती। राजू अपनी टूटी कॉपी के पन्नों में अक्षरों को पकड़ने की कोशिश करता था — जैसे कोई अंधेरे में दीया जलाना चाहता हो।

∽

4. "कछुआ" — हर रोज़ का ताना

अब 'कछुआ' उसका नाम नहीं, उसकी पहचान बन चुका था। गाँव के बच्चे उसे देखते ही चिल्लाते:

"अरे कछुआ आया!"
"इतनी धीमी चाल से तो तितली भी गाँव के तीन चक्कर लगा ले!" — वे उसकी चाल की नकल करते। धीरे-धीरे चलते, गर्दन झुकाकर, फिर हँसी के फव्वारे छोड़ते।

राजू भीतर से सहम जाता था। पर चेहरे पर एक ठहरी हुई मुस्कान पहन लेता था —
जैसे दुनिया के जहर को खुद में घोलकर भी मुस्कुराने की आदत बना ली हो। हर ताना, हर मजाक, राजू की आत्मा पर एक नया घाव छोड़ जाता था। पर हर घाव के नीचे धीरे-धीरे कुछ और भी पल रहा था —
एक चुपचाप संकल्प।

☙

5. माँ और रात की चुप्पियाँ

रात को जब सब सो जाते, तो राजू और उसकी माँ आँगन में चुपचाप बैठते थे। चूल्हे से निकली राख की गंध, आम के पेड़ से टपकती ओस, और दूर जंगल से आती सियारों की आवाज़ें, सब मिलकर एक वीरान नज़ारा रचते थे।

कभी-कभी माँ राजू का माथा सहलाते हुए कहती:
"बाबू, तू बड़ा आदमी बनेगा। हमारी किस्मत तू बदल कर दिखाएगा।"

राजू कुछ नहीं कहता था। बस माँ के हाथों की गरमी महसूस करता था, और भीतर ही भीतर वादा करता था —
"हाँ माँ, एक दिन मैं कुछ बनकर दिखाऊँगा।"

୧୬

6. डर और सपने की लड़ाई

लेकिन डर भी था। गहरा, चुपचाप डर। नक्सलियों का डर, गरीबी का डर, असफल हो जाने का डर।

हर रात जब वह किताब खोलता, तो लगता जैसे शब्द उसके सामने पहाड़ बन जाते हैं।
हर सुबह जब वह होटल जाता, तो लगता जैसे किस्मत उसे ताने मारती है।

पर फिर भी — हर दिन, हर हार के बाद भी — वह अगली सुबह उठता था। फिर से काम करता था। फिर से किताबें पलटता था। फिर से सपने देखता था।

धीमे-धीमे, कछुए की तरह, पर बिना रुके।

୧୬

7. पहली बार सपने की झलक

कभी-कभी होटल में कुछ श्रद्धालु लोग आते थे, जो पारसनाथ पर्वत में दर्शन के लिए आते थे —
उनकी बातें राजू के कानों तक पहुँचती थीं:

"IAS बन गया मेरा मामा का भतीजा!"
"अब तो शहर में पोस्टिंग मिली है!"

राजू का दिल धड़कने लगता था।
IAS? क्या वह भी बन सकता है?

उसे नहीं पता था कि IAS कैसे बनते हैं, या क्या करना होता है। बस एक धुँधली-सी तस्वीर थी —
गाँव के सारे बच्चे उसे सलाम कर रहे थे।

❧

8. खुद से पहली लड़ाई

एक रात, आँगन में आकाश को निहारते हुए, राजू ने खुद से वादा किया: "मैं रुकूंगा नहीं।"

चाहे दुनिया मुझे कितना भी 'कछुआ' कहे, चाहे रास्ते में कितनी भी काँटों भरी झाड़ियाँ हों,

चाहे सपने धुँधले हों या डर साफ, मैं चलते रहूँगा।

धीरे-धीरे। चुपचाप। लेकिन रुके बिना।

৩০

4

छोटे सपने, बड़ी जिम्मेदारियाँ

<u>1. दो पहियों पर चलती जिंदगी</u>

राजू की ज़िंदगी अब दो अलग-अलग दुनिया के बीच झूल रही थी — दिन में श्रमिक, रात में छात्र।
सुबह की पहली किरण के साथ ही उसकी दिनचर्या शुरू हो जाती थी। कमर झुकाए खेत में सब्जियाँ काटना, मिट्टी में पैर धँसाकर बुवाई करना, या फिर कभी-कभी गाँव के होटल में, झूठे बर्तनों का अंबार उठाना।

शाम होते-होते, जब शरीर थक कर चूर हो जाता था, तब वह टूटी-फटी किताबें लेकर बैठता था —
कभी दीये की काँपती लौ के नीचे, कभी आम के पेड़ की छाँव में।

सपनों और ज़रूरतों के बीच, राजू की आत्मा रोज़ रस्सी की तरह तनी रहती थी। छोटी-छोटी खुशियाँ —

जैसे खेत के काम के बाद ठंडी हवा का झोंका, या होटल में चायवाले अंकल की दी हुई एक एक्स्ट्रा समोसा, उसे दो पल का सहारा देते थे।

लेकिन फिर ज़िम्मेदारियों का पहाड़ सामने आ जाता था — और राजू एक बार फिर सिर झुकाकर उस पर चढ़ना शुरू कर देता था।

∾

2. खेतों की मिट्टी में सपनों की बुआई

गर्मियों की दोपहर में जब खेत तपते थे, और मिट्टी फटने लगती थी, राजू नंगे पाँव खेत में हल चलाता था। हथेलियाँ छिल जातीं, पीठ धूप में झुलस जाती, लेकिन वह रुकता नहीं था। कभी हल्की बूँदाबाँदी होती, तो वह मिट्टी की गंध को सूँघते हुए सोचता —
"कहीं मेरे सपनों के बीज भी इसी तरह मिट्टी में पल रहे हैं?"

हर फसल की कटाई के साथ वह महसूस करता —
कि जैसे उसने अपने भीतर एक छोटा-सा युद्ध जीता हो।

लेकिन हर कटाई के बाद माँ की चिंता भी बढ़ती थी — "कब तक बेटा ऐसे जिएगा? पढ़ाई में कुछ कर, वरना यही खेत काटता रहेगा।"

राजू मुस्कुरा देता था — एक थकी हुई, लेकिन जिद्ददी मुस्कान।

∽

3. मजदूरी का धूप भरा रास्ता

खेत के काम के अलावा, राजू कभी-कभी गाँव के सेठ के घर मजदूरी करने भी जाता था। ईंटें ढोना, बोरिंग के पाइप उठाना, या फिर ताड़ी के बागान में झाड़ियाँ काटना।

हर मजदूरी का पैसा — चाहे वह पाँच रुपया हो या दस — उसके लिए खजाने जैसा था। माँ की हथेली में मजदूरी के पैसे रखते हुए, राजू की आँखें चमक जाती थीं, जैसे वह कोई जंग जीतकर लौटा हो। माँ के चेहरे पर हल्की-सी राहत देखना, उसके लिए सोने के सिक्कों से ज्यादा कीमती था।

∽

4. स्कूल — धूल भरी उम्मीद

दिनभर मजदूरी के बाद भी, राजू स्कूल जाना नहीं छोड़ता था। भले ही फटी किताबें हों, चप्पल घिसी हुई हो, कपड़े पसीने से भीगे हों, लेकिन वह स्कूल की देहरी पार करता था, हर दिन — धीमे-धीमे, पर लगातार।

टीचरों का आना-जाना अनियमित था। कभी-कभी पूरी कक्षा यूँ ही बैठी रह जाती, दीवारों पर समय की परछाइयाँ देखती हुई। लेकिन राजू अपनी कॉपी में कुछ भी नया लिखने की कोशिश करता था —
कभी टूटी अंग्रेजी में एक वाक्य, कभी गणित के सवालों का आधा हल।

हर शब्द, हर अंक उसके लिए एक ईंट था —
जिससे वह अपनी किस्मत की दीवार खड़ी कर रहा था।

∞

5. होटल की दीवारों में फँसा बचपन

होटल में काम करते हुए, राजू ने दुनिया का दूसरा चेहरा भी देखा था। वहाँ आदमी की कीमत उसकी चालाकी से तय होती थी, ना कि उसकी ईमानदारी से। कुछ ग्राहक उस पर चिल्लाते, कुछ उसे धक्का देते। कभी-कभी झूठे इल्ज़ाम भी लगते —
"गिलास तोड़ दिया",
"खाना गिरा दिया।"

राजू इन सबका जवाब बस सिर झुकाकर देता था। कभी प्रतिरोध नहीं, कभी शिकायत नहीं।

क्योंकि उसे पता था — यह लड़ाई छोटी नहीं है। यह लड़ाई सिर्फ दो वक्त की रोटी के लिए नहीं थी, बल्कि उस सपने के लिए थी जो कहीं भीतर, धुएँ के पार चमक रहा था।

☙

6. गाँव का ताना और राजू की चुप्पी

गाँव के लोग उसे अब भी "कछुआ" कहते थे।

"अरे ओ कछुए! अब तक तो दिल्ली पहुँच जाना चाहिए था!", "इतनी धीरे चलता है कि सपने भी थक जाएँ!"

राजू चुपचाप सुन लेता था। उसकी आँखों में कोई रोष नहीं था, कोई गुस्सा नहीं था। बस एक शांत धधकती हुई आग थी — जो हर ताने के साथ और भी भड़कती जा रही थी।

उसे पता था — तेज़ दौड़ने वाले सभी नहीं जीतते। जीत उसी की होती है जो गिरने के बाद भी उठता है।

☙

7. छोटे सपने, बड़ी ज़िम्मेदारियाँ

राजू के सपने बहुत बड़े नहीं थे उस वक्त। बस इतना कि माँ के चेहरे पर एक दिन मुस्कान लौट आए।

कि कोई उसे "कछुआ" न कहे। कि एक दिन वह भी सिर उठाकर कह सके —
"मैं कुछ बन गया हूँ।"

लेकिन हर छोटा सपना भी बड़ी मेहनत माँगता था। और राजू, अपने टूटे हुए चप्पलों में, धूल से सने कपड़ों में, अपने सपनों के बीज बोता रहा — हर दिन, हर रात।

ॐ

8. पहली बार 'IAS' का सपना

एक दिन होटल में कुछ तीर्थ यात्री श्रद्धालू लोग आए। बड़ी-बड़ी बातें करते हुए।

"सुनो! राम मामा जी का भतीजा IAS बन गया है।", "अब अफसर बन गया है भाई — बंदूक, वर्दी, पुलिस, गाड़ी सब!"

राजू की धड़कन रुक सी गई थी। IAS?

उस रात वह आँगन में आकाश देखता रहा। सितारे टिमटिमाते रहे — जैसे आसमान से उम्मीद की छोटी-छोटी बातें कर रहे हों।

"अगर उनके राम मामा जी का भतीजा IAS बन सकता है, तो क्या मैं नहीं?"

उस रात पहली बार, राजू ने खुद से बड़े सपने देखने की हिम्मत की थी।

5

स्कूल के दिन व आँखों में सपना

1. स्कूल जाने का सफर

सुबह का सूरज जब अपने सुनहरे तीर धरती पर बरसाना शुरू करता था, राजू अपने कंधे पर बस्ता टाँगे, धीरे-धीरे गाँव की गलियों से निकलता था। उसका बस्ता — पुराना, फटा हुआ, धागों से किसी तरह रचा-पुता। उसमें रखी थीं कुछ फटी किताबें, जिनके पन्ने बरसात में भीगकर सिकुड़ गए थे, और जिन पर कीचड़ के निशान भी थे।

चप्पलें?
अगर कहें कि चप्पलें थीं — तो यह उनके बचे हुए टुकड़ों का अपमान होता। एक चप्पल का पट्टा टूटा हुआ, दूसरी का एड़ी घिसी हुई। राजू अकसर रास्ते में रुकता था, कभी पैर से चप्पल ठीक करता, कभी फिर से पैर घसीटता।

पर वह चलता रहता था — धीमे-धीमे, मगर अडिग।

❧

2. स्कूल की चौखट

पाँच किलोमीटर का सफर तय करके, जब वह मिडिल स्कूल पहुँचता था, तो उसकी कमीज़ पसीने से भीगी होती थी, और आँखों के नीचे काले धब्बे गहरे हो चले थे।

स्कूल का दरवाजा, लोहे का नहीं, बल्कि लकड़ी की एक दरारदार चौखट थी, जिस पर बारिश के धब्बे अब भी सूखे थे। स्कूल के बरामदे में, धूल उड़ती थी, और क्लासरूम की दीवारों पर आधी उखड़ी हुई पुताई गवाही देती थी कि यह जगह सपनों से ज़्यादा थकी हुई उम्मीदों की पनाह थी।

राजू उस चौखट को पार करते समय, हर रोज़ एक चुपचाप प्रार्थना करता था: "भगवान! आज कुछ नया सीखने को मिले। कोई अच्छा दिन हो।"

❧

3. मास्टर जी और शिक्षा का सूखा

मास्टर जी — अगर आते थे, तो जैसे अहसान करते थे। कभी-कभी वे आते, चप्पलें ठकठकाते हुए क्लास में घुसते, बेंच पर बैठते, और कह देते — "बच्चो, आज अपना-अपना पढ़ लो।"

या फिर, कभी किसी किताब से दो पंक्तियाँ पढ़ते, और फिर किसी बहाने से निकल जाते, चाय पीने, या किसी 'जरूरी मीटिंग' में।

राजू, फटी किताब को थामे, ब्लैकबोर्ड की तरफ देखता था — जहाँ कभी कोई नया शब्द नहीं लिखा जाता था। लेकिन वह हार नहीं मानता था। जब मास्टर जी चले जाते, तो वह खुद ही किताब खोलकर अक्षर रटता, अटकता, लड़ता, और आगे बढ़ता।

क्योंकि उसे पता था —
दूसरे लड़कों के लिए यह एक स्कूल था, पर उसके लिए यह जंग का मैदान था।

೦೨

4. तानों की दीवारें

स्कूल में बच्चे उसे 'कछुआ' कहकर चिढ़ाते थे।

"कछुआ आया! "इतना धीरे चलता है कि पहाड़ भी हिल जाए!"

कभी कोई उसकी चप्पलों की हालत का मजाक उड़ाता, कभी कोई उसकी किताबों की फटी जिल्द पर हँसता। राजू उनकी हँसी के बीच चुपचाप बैठा रहता था, जैसे बारिश में भीगते किसी सूखे पेड़ की तरह — टूटता नहीं, बस भीगता रहता था।

कभी-कभी वह अपने फटे बस्ते को पकड़कर, आँखें बंद कर लेता था और खुद से वादा करता था:

"एक दिन...
यही लोग सलाम करेंगे। यही लोग मेरी कहानी सुनाया करेंगे।"

੭

5. भूख, पसीना और पढ़ाई

राजू के लिए स्कूल एक लक्ज़री था, पर दोपहर का खाना कभी सुनिश्चित नहीं था। कभी होटल के मालिक से बचा-खुचा खाना मिल जाता, तो कभी सिर्फ पानी से पेट भरना पड़ता। भूख से पेट में ऐंठन होती थी, लेकिन हाथ में पकड़ी किताबों को वह छोड़ता नहीं था।

जब कभी क्लास के बाद सभी बच्चे खेलने भागते, राजू स्कूल की दीवार के पास बैठकर किताब खोलता था। उसकी आँखों में नींद भी होती थी, भूख भी, थकान भी, पर उन पन्नों पर टिमटिमाती एक छोटी-सी लौ भी थी — जिसे कोई आँधी बुझा नहीं पाती थी।

෬෩

6. पहली किताब, पहला सपना

स्कूल के लाइब्रेरी रूम में — जो दरअसल एक छोटा-सा
स्टोररूम था, राजू को एक दिन एक पुरानी किताब मिली।
किताब का नाम था —

"भारत के प्रशासनिक सेवक — उनकी कहानियाँ।"

वह किताब आधी फटी थी, कई पन्ने गायब थे, पर जितना
बचा था, वह राजू के लिए किसी खजाने से कम नहीं था। वह
पढ़ने लगा —
कैसे गाँव के गरीब लड़के भी मेहनत से कलेक्टर बन गए,
कैसे एक अनपढ़ माँ का बेटा IPS अफसर बन गया।

उसकी आँखें चमकने लगीं।

"अगर ये कर सकते हैं,
तो क्या मैं नहीं कर सकता?"

෬෩

7. टूटी चप्पलों का सपना

उस रात, जब पूरा गाँव नींद में डूबा था, और आम के पेड़ से ओस टपक रही थी, राजू आँगन में अपने फटे चप्पलों को घूर रहा था। टूटी चप्पलें, फटी किताबें, भूखा पेट —
लेकिन अब एक सपना साफ था:

"IAS बनना है।
अपने गाँव का नाम रौशन करना है।
माँ की आँखों में फिर से हँसी लौटानी है।"

6

पहली बार दिल्ली का सपना – IAS कैसे बनते हैं?

1. किस्सों में बुनता सपना

गाँव के चबूतरे पर, जहाँ आम का बूढ़ा पेड़ रोज़ दोपहर की थकान ओढ़ लेता था, जहाँ मिट्टी में धँसी बेंचों पर बुज़ुर्ग अपनी ज़िंदगियों की कहानियाँ बुनते थे, वहीं एक दिन राजू ने सुना – "IAS अफसर..."

हुक्के की गुड़गुड़ाहट के बीच, एक बुज़ुर्ग बोल रहे थे: "कलेक्टर अफसर जो होते हैं, जो कानून चलाते हैं, जो जिले के मालिक होते हैं — वही होते हैं *IAS!*" किसी और ने जोड़ा: "उनके आगे तो बड़े-बड़े नेता भी सलाम ठोकते हैं।"

राजू दूर खड़ा था — नंगे पाँव, मिट्टी सना बदन, लेकिन उसकी आँखें सपनों से भर रही थीं।

☙

2. पहली बार भीतर उठती लौ

रात को आँगन में बैठकर चूल्हे की बुझती हुई राख को घूरते हुए राजू ने माँ से पूछा: "माँ, IAS क्या होता है?" माँ ने मुस्कुराते हुए जवाब दिया: "बड़ा अफसर होता है बेटा। जहाँ वो जाता है, वहाँ डर नहीं, कानून चलता है। सब उसको सलाम करते हैं।"

राजू की आँखों में पहली बार, एक अजनबी चमक आई थी। जैसे किसी अँधेरे कुएँ के भीतर कहीं से एक छोटी-सी रोशनी झाँक गई हो।

☙

3. मास्टरजी से पहली दिशा

अगले दिन, साहस जुटाकर, राजू गाँव के मास्टरजी के पास पहुँचा। धूप में तपते स्कूल के बरामदे में, जहाँ टूटी बेंचें खड़ी थीं, राजू ने काँपते स्वर में पूछा:

"सर... IAS कैसे बनते हैं?"

मास्टरजी ने पहले हँसते हुए उसे देखा। फिर गंभीर हो गए। उनकी आवाज़ में पहली बार कुछ अलग था, जैसे किसी सोती हुई चिंगारी को हवा दी जा रही हो।

"देख राजू,"
मास्टरजी बोले —"सबसे पहले 12वीं पास करो। फिर किसी ग्रेजुएशन के लिए कॉलेज में एडमिशन ले लो — सिर्फ नामांकन के लिए। कक्षा अटेंड करना ज़रूरी नहीं है। बस जब एग्ज़ाम देना हो, तब कॉलेज आना। तुम दिल्ली जैसे बड़े शहर में जाकर पढ़ाई करो और ग्रेजुएशन के बाद UPSC का एग्जाम दो।"

राजू हैरान था।
"दिल्ली? इतना दूर?" उसके भीतर डर भी था, लेकिन एक नई जिज्ञासा भी।

"हाँ," मास्टरजी ने कहा — "दिल्ली में बड़े कोचिंग सेंटर हैं, बड़ी किताबें हैं, बड़े सपने हैं। अगर IAS बनना है, तो वहाँ जाकर तैयारी करनी होगी। यहाँ गाँव में सिर्फ सपने देखे जा सकते हैं, उन्हें पूरा करने का सामान नहीं मिलता बेटा।

೧

4. बारहवीं की आखिरी लड़ाई

उस दिन के बाद, राजू के लिए हर दिन एक जंग बन गया था। दिन में खेतों में काम करना, रात में होटल में बर्तन धोना, और

देर रात फटी किताबों के बीच से, अक्षरों के ज़रिए अपने सपनों तक रास्ता बनाना।

बारहवीं कक्षा का हर दिन, उसके लिए अग्निपरीक्षा था। स्कूल के मास्टर कम आते थे, लेकिन राजू अब खुद से पढ़ने लगा था। गर्मियों की रातों में, जब पूरा गाँव सो जाता था, तब राजू टूटी चप्पलों में बस्ता टाँगे, आम के पेड़ के नीचे बैठकर पढ़ता था — जुगनुओं की रोशनी में, चाँदनी की चुप्पी में।

৵

5. कॉलेज में नाम लिखाना

बारहवीं के परीक्षा परिणाम के बाद, राजू ने सबसे नज़दीकी शहर के एक छोटे से कॉलेज में नामांकन कराया। बस नामांकन — पढ़ाई नहीं, क्लास नहीं। मास्टरजी की सलाह याद थी: "तैयारी दिल्ली से करनी है। कॉलेज का काम बस एग्जाम फॉर्म भरना और परीक्षा देना।" राजू ने कॉलेज के गेट पर खड़े होकर, एक गहरी साँस ली थी। जैसे कोई पुराने बंधनों को छोड़कर एक नए संघर्ष की ओर बढ़ रहा हो।

৵

6. दिल्ली का सपना पक्का करना

अब रास्ता साफ था: 12 वीं पास कॉलेज में नामांकन दिल्ली जाकर UPSC की तैयारी

अब राजू को सिर्फ एक चीज़ करनी थी — अपने डर से लड़ना। अपने भीतर के संकोच को मारना। और दिल्ली की ओर पहला कदम बढ़ाना।

◌◞◟◌

7. पारसनाथ स्टेशन की ओर विदा

गाँव से पारसनाथ रेलवे स्टेशन तक पहुँचने के लिए, राजू को तड़के सुबह निकलना पड़ा। एक पुराना बैग, जिसमें कुछ फटी किताबें, कुछ जोड़ी कपड़े, और माँ का गमछा रखा था। माँ ने तुलसी के आगे दीपक जलाया था। माथे पर हल्दी का टीका लगाया। पोटली में गुड़ और चने बाँध दिए।

"रास्ते में खा लेना बेटा," माँ ने गीली आँखों से कहा। "पर कहीं भी झूठ मत बोलना। मेहनत करते रहना।"

राजू ने माँ के पैर छुए। उसकी हथेलियाँ काँप रही थीं। पर दिल में आग थी। Parasnath स्टेशन पर, जब ट्रेन के इंजन ने सीटी दी, तो राजू ने एक आखिरी बार पीछे मुड़कर देखा — अपना गाँव, अपनी माँ, अपना बचपन।

फिर उसने मुँह फेर लिया — क्योंकि अब से पीछे देखना मना था।

◌◞◟◌

8. ट्रेन का सफर — उम्मीद की पटरी पर

ट्रेन झटके से चली। राजू खिड़की के पास बैठा था। हवा उसके बालों को उलझा रही थी, लेकिन उसकी आँखें सीधे भविष्य को देख रही थीं। रेल की पटरी पर भागते दृश्य — खेत, पहाड़, गाँव, नदियाँ — सब उसे पीछे छोड़ रहे थे।

हर गुजरता पेड़, हर भागती झोंपड़ी जैसे कह रही थी: "जा बेटा, अब तेरा रास्ता बड़ा है।"

राजू ने अपनी फटी कॉपी निकाली। और उसमें धीरे-धीरे लिखा: "गाँव से दिल्ली। बचपन से अफसर बनने की ओर। धीमे-धीमे, पर रुकना नहीं है।"

7

दिल्ली की पहली रात – भूख और आँसू

1. पहली बार दिल्ली की धूल

ट्रेन के आखिरी झटके के साथ, राजू ने दिल्ली की धरती पर कदम रखा।

पारसनाथ से निकलते समय जो सपना उसकी आँखों में चमक रहा था, अब भी था —

पर उसके चारों ओर एक विशाल, अजनबी दुनिया थी।

स्टेशन पर भीड़ का सैलाब था। लोग दौड़ते-भागते, चिल्लाते-धक्के देते, राजू जैसे लड़के के लिए यह सब किसी तूफान में फँसने जैसा था। उसके पुराने फटे बैग की पट्टी बार-बार कंधे से फिसल रही थी। पसीने की बूंदें माथे से टपक रही थीं, भले ही दिसंबर की सर्द हवा उसे झकझोर रही थी।

2. अनजानी भीड़ में अकेला लड़का

राजू ने स्टेशन के बाहर कदम रखा। चारों ओर गाड़ियाँ हॉर्न
बजा रही थीं, रिक्शे वाले आवाज़ें लगा रहे थे,
और फुटपाथ पर चाय की भाप उड़ती थी।

वह एक कोने में खड़ा हो गया —
बैग को सीने से चिपकाए।

"कहाँ जाऊँ?"
"कहाँ ठहरूँ?"
"कहाँ से शुरुआत करूँ?"

इन सवालों की भारी गूँज उसके सिर में बज रही थी, लेकिन
जवाब कहीं नहीं था।

दिल्ली उसके लिए महज एक शहर नहीं थी —
यह एक जीवित दैत्य था, जिसकी हर साँस भीड़ और शोर से
भरी थी।

౭౨

3. भूख का पहला सामना

दिन चढ़ते-चढ़ते, राजू का पेट भूख से सिकुड़ने लगा था। गाँव
से चलते वक्त माँ ने जो गुड़ और चना बाँधा था, वह रास्ते में ही

खत्म हो गया था। अब उसके पास न पैसे थे, न जान-पहचान, न जगह।

स्टेशन के पास खाने की दुकानें थीं —
लेकिन वहाँ सब कुछ महँगा था, राजू की पहुँच से बाहर। उसने एक खाली गिलास से थोड़ी-सी पानी पीने की कोशिश की, लेकिन पानी से भूख नहीं मिटती। उसकी नज़रें भटकती रहीं, कहीं कोई बचा-खुचा खाना मिल जाए, या कोई तरस खा कर कुछ दे दे। लेकिन दिल्ली तरस खाने वाला शहर नहीं था।

෬෬

4. सर्दी की चादर और खुले आसमान के नीचे

शाम ढलते ही, दिल्ली की सर्दी ने अपनी पूरी ताकत दिखानी शुरू कर दी थी।

राजू ने अपनी पुरानी फटी जैकेट के बटन टटोलने की कोशिश की —
लेकिन उनमें से दो गायब थे। हवा बदन में आर-पार हो रही थी। वह स्टेशन के एक कोने में, दीवार से टिककर बैठ गया। कंबल तो दूर, एक अखबार भी नहीं था ओढ़ने को।

सामने सड़क पर रौशनी थी, गाड़ियाँ चमकती थीं, लोग हँसते-बोलते थे —
लेकिन राजू के लिए वह सब किसी और दुनिया का हिस्सा था।

उसकी दुनिया थी —
एक ठंडी दीवार, फटा बैग, और भूखा, काँपता बदन।

❧

5. पहली बार टूटते आँसू

रात के गहराते ही, दिल्ली की ठंडी हवा तेज होती गई। राजू का शरीर काँपने लगा था। वह जितना खुद को समेटता, सर्दी उसे उतना ही बेरहमी से काटती। आँखों से आँसू बह निकले — चुपचाप, बिना आवाज़ के।

उसने अपने घुटनों में सिर छुपा लिया, जैसे खुद को दुनिया से छुपाना चाहता हो।

"क्या सपना देखना गलती थी?"
"क्या मैं वाकई बहुत छोटा हूँ इस बड़े शहर के लिए?"
"क्या मुझे वापस लौट जाना चाहिए?"

उसके भीतर सवाल उठ रहे थे —
जिनके जवाब दिल्ली की रात ने ठंडी हवा के थपेड़ों से दिए।

❧

6. माँ का चेहरा

ठंडी दीवार से सिर टिकाए, राजू की आँखों के सामने, माँ का चेहरा तैरने लगा। वह चेहरा, जिसमें डर था, आशीर्वाद था, और अनकहा प्रेम था।

"माँ ने कहा था — हार नहीं मानना। मेहनत करते रहना।" राजू ने आँखें बंद कीं, मुट्ठियाँ भींच लीं।

"मैं हार नहीं मानूँगा।"

दिल्ली जितनी भी बड़ी हो, जितनी भी बेरहम हो, उसे झुकना नहीं था। कछुआ था वो —
धीमा था, थका हुआ था, पर अपनी रफ्तार से चलता रहने वाला।

ॐ

7. नई सुबह की उम्मीद

रात भर खुले आसमान के नीचे, राजू ठिठुरता रहा। भूख और ठंड से लड़ता रहा। आँखों से आँसू बहते रहे, लेकिन सपनों की लौ बुझी नहीं। सुबह की पहली किरण के साथ, जब स्टेशन पर हलचल बढ़ी, राजू ने अपना बैग संभाला, और खड़ा हो गया।

थका हुआ बदन, खाली पेट, फटी चप्पलें —
पर आँखों में अब भी एक अदम्य चमक थी।

"आज से दिल्ली मेरी भी है। और एक दिन इस शहर को मेरा नाम याद रहेगा।"

ॐ

8

अजनबी शहर में पहला काम

1. सुबह की भीड़, खाली जेब

सूरज ने धीरे-धीरे आसमान पर दस्तक दी थी। राजू ने अपनी आँखें मलीं, जो रात भर जागने और ठंड सहने से सूज गई थीं। उसके पेट में एक गहरा दर्द था — भूख का।

स्टेशन के बाहर जिंदगी दौड़ रही थी —
ऑटो, बसें, रिक्शे, भागते लोग, हाथ में फाइलें, झोले, मोबाइल।

राजू उस भीड़ का हिस्सा नहीं था। वह उस भीड़ का वह अदृश्य धागा था, जिसे कोई देखता नहीं था —
पर जो खुद को जोड़ने की कोशिश कर रहा था।

2. पहला काम खोजने की जद्दोजहद

भूख ने उसे मजबूर किया कि कुछ किया जाए। राजू ने स्टेशन के पास चाय की दुकानों, ढाबों के आसपास चक्कर लगाना शुरू किया। हर दुकान के सामने जाकर वह पूछता: "भैया, काम मिलेगा?"

कभी हँसी उड़ती थी, कभी दुत्कार मिलती थी, कभी अनदेखी। कई जगह मालिकों ने सिर से पैर तक उसे देखा, फटे कपड़े, थका चेहरा, डरती आँखें, और कह दिया: "काम सीखने वालों के लिए नहीं है, जा आगे।"

राजू आगे बढ़ता रहा। हर ना के बाद उसकी चाल थोड़ी और धीमी हो जाती थी, पर रुकती नहीं थी।

ॐ

3. चाय वाले भैया और पहली उम्मीद

दोपहर होते-होते, एक पुराने ढाबे में, चाय के खोखे पर एक अधेड़ उम्र का आदमी मिला — मोहन। चेहरे पर सख्ती थी, लेकिन आँखों में हल्की सी नरमी भी। राजू ने हाथ जोड़कर कहा: "भैया, कुछ भी कर लूँगा। बर्तन धो दूँगा, फर्श पोंछ दूँगा, चाय चढ़ा दूँगा... बस खाना मिल जाए।"

मोहन भैया ने उसे ऊपर से नीचे तक देखा। फिर एक हल्की सी मुस्कान के साथ कहा: "ठीक है, दिनभर काम करेगा तो खाना मिलेगा। पैसे महीने के आखिर में मिलेंगे।"

राजू की आँखों में चमक आ गई। उसने सिर झुका दिया: "करूँगा भैया। जी-जान से करूँगा।"

৯৩

4. चाय वाला — पहली नौकरी

दिनभर राजू काम में जुट गया। गिलास धोना, टेबल पोंछना, पानी भरना, सब्जियां काटना, भट्टी में कोयला डालना, ग्राहकों की खाली प्लेटें उठाना। सर्दी से जमे हाथों को गरम पानी में डुबोते हुए, उसने हर काम में खुद को झोंक दिया। बीच-बीच में मोहन भैया एक अदना-सा गिलास चाय पकड़ाते, या दो रोटियाँ थमा देते। वही रोटियाँ, वही चाय — राजू के लिए शाही भोज से कम नहीं थी।

काम खत्म होते-होते रात हो जाती थी। राजू वहीं ढाबे के पीछे फटे हुए तिरपाल के नीचे सो जाता था। रात को जब दिल्ली की सड़कें जगमगाती थीं, तो राजू उनींदी आँखों से उन्हें देखता था —

सोचता था: "एक दिन... मैं भी इस रोशनी का हिस्सा बनूँगा। कोई मुझे भी जानेगा।"

फटी हुई चप्पलें, मिट्टी से सने हाथ, भूखा पेट — लेकिन आँखों में अब भी उम्मीद की नन्ही सी लौ जलती रहती थी।

༄

6. दूसरा काम — डिलीवरी बॉय

ढाबे में काम करते-करते, राजू को पास की एक होटल में भी काम मिल गया — डिलीवरी बॉय का। साइकिल पर खाने के टिफिन और पैकेट लेकर, दफ्तरों, दुकानों तक पहुँचाना होता था। फटी हुई चप्पलें पहने, सर्द हवाओं को चीरता हुआ राजू, दिल्ली की गलियों में था — जैसे अपनी किस्मत का पीछा कर रहा हो।

दिन में ढाबे वाला, शाम को डिलीवरी बॉय — राजू हर वक्त खुद को एक कदम आगे धकेलता रहा।

༄

7. बदले में क्या मिला?

दिनभर की मेहनत के बदले, मोहन भैया उसे रोज खाना देते थे — चावल, दाल, कभी-कभी एक आलू की सब्जी।

पैसे महीने के आखिर में मिलते — वो भी थोड़े। लेकिन वही थोड़े पैसे, राजू के लिए सपनों की पहली ईंट थे। रात को वह कमाए हुए पैसों को गिनता था — सपनों को आकार देता था।

हर रात, जब वह थका-हारा तिरपाल के नीचे लेटता, तो अपनी फटी कॉपी निकालता। अक्षरों को पढ़ता, नये शब्द याद करता, अंग्रेजी के छोटे वाक्य बनाता।

दिनभर की थकान उसकी पलकों पर भारी होती थी, लेकिन वह नींद से लड़ता था — क्योंकि उसे पता था: "जो थककर बैठ गया, वह हार जाएगा।"
"जो थककर भी चलता रहा, वही जीत पाएगा।"

☙

9. दिल्ली — अब दुश्मन नहीं, चुनौती

धीरे-धीरे दिल्ली की अजनबीयत, उसके भीतर से डर को कम कर रही थी।

अब वह स्टेशन पर काँपता लड़का नहीं था।
अब वह सड़कों पर दौड़ता था,
खाने के पैकेट पहुँचाता था,
चाय के गिलास संभालता था,
और रात में सपनों की पोटली खोलकर पढ़ता था।

दिल्ली अब दुश्मन नहीं थी — चुनौती बन चुकी थी। एक ऐसी चुनौती जिसे वह जीतने आया था।

☙

डी. पी. साहू

9

खुद से वादा – एक दिन मैं IAS बनूँगा

<u>1. थकान से भी भारी सपना</u>

दिल्ली में बीते उन हफ्तों ने, राजू को बाहर से और भीतर से थका दिया था। दिन भर ढाबे पर भागना,
शाम को डिलीवरी करना, रात को तिरपाल के नीचे काँपते हुए सोना। पेट कभी पूरा नहीं भरता था। हाथों में हमेशा कोई घाव होता था, कभी जलने का, कभी चोट का। लेकिन इस थकान के बीच भी, राजू के भीतर एक चीज़ दिन-ब-दिन और मजबूत होती जा रही थी —
सपना।

जनवरी की एक ठंडी रात थी। राजू काम से लौटा था। थाली में आधी जली रोटियाँ और पानी जैसा दाल मिला था। खाते-खाते उसके होंठों में छाले पड़ गए थे, लेकिन उसने शिकायत नहीं की।
क्योंकि वह जानता था — शिकायत करने से सपने पूरे नहीं

होते।

रात के गहरे सन्नाटे में, जब दिल्ली की रौशनी भी थककर सो चुकी थी, राजू ने अपनी फटी हुई कॉपी निकाली। चप्पलों से मिट्टी झाड़ी। स्ट्रीट लाइट की लौ के सामने किताब खोली।

अंग्रेजी के कुछ शब्द थे, जो उसे याद करने थे — *Freedom, Courage, Struggle, Success...* शब्द उसके लिए शब्द नहीं थे, सपनों के पत्थर थे।

෧

2. खुद से पहली बड़ी बात

उस रात, जब हवा इतनी सर्द थी कि हड्डियाँ भी चटक रही थीं, राजू ने खुद से बात की। धीरे से, जैसे किसी वचन को जन्म दे रहा हो। उसने अपने फटे बस्ते को थामा, उस पतली कॉपी को खोला, और लिखा:

"Main ek din IAS banoonga."
"मैं एक दिन IAS बनूँगा।"

उसने ये शब्द तीन बार दोहराए —
काँपते हाथों से, काँपते होंठों से, लेकिन दृढ़ मन से। हर शब्द के साथ, उसके भीतर का डर थोड़ा और मरता गया, और एक नए विश्वास का बीज और गहरा होता गया।

राजू ने उस फटे हुए पन्ने को माथे से लगाया। जैसे वह कोई देवी का आशीर्वाद ले रहा हो। उसने अपनी टूटी हुई चप्पलें साइड में रखीं, बैग को सीने से लगाया, और आसमान की ओर देखा।

चमकते तारों के बीच, उसे एक तारा टूटा हुआ दिखा।
गाँव में कहते थे — "टूटते तारे से कुछ माँगो, पूरा होता है।"

राजू ने आँखें बंद कर लीं और मन ही मन कहा: "भगवान! मुझे ताकत देना...
धीमा चलूँ, लेकिन गिरूँ नहीं।"

ॐ

3. संघर्ष और डर

उस रात राजू ने खुद से यह शपथ ली:

चाहे जितनी ठंड पड़े, चाहे जितनी भूख लगे, चाहे कोई साथ दे
या नहीं, चाहे ताने मिलें या ठोकरें,
मैं रुकूँगा नहीं।

हर दिन कुछ नया सीखूँगा। हर रात खुद को बेहतर बनाऊँगा।
हर ताने को पत्थर बनाकर अपनी मंजिल की दीवार बनाऊँगा।

राजू जानता था —
उसकी चाल धीमी थी, उसकी राह काँटों भरी थी, लेकिन अब
उसके इरादे, लोहे जैसे हो चुके थे।

राजू ने महसूस किया था कि सबसे बड़ा दुश्मन न गरीबी थी,
न दिल्ली का अजनबीपन, न फटी चप्पलें — सबसे बड़ा
दुश्मन था उसका खुद का डर। डर हार का, डर मजाक उड़ाए
जाने का, डर अकेले रह जाने का।

लेकिन आज — जब उसने खुद से वादा किया था — तो वह डर
भी धीरे-धीरे पिघलने लगा था, जैसे सर्दी में जलते आग की
गर्मी से बर्फ पिघलती है।

♾

4. कछुए की धीमी, मगर अडिग चाल

राजू जानता था — तेज दौड़ने वाले अक्सर रास्ते में थककर
बैठ जाते हैं,
लेकिन कछुआ — धीमे चलता है, मगर रुकता नहीं।

और अब वह खुद को 'कछुआ' कहलाने में शर्म नहीं महसूस
करता था।
बल्कि उसे गर्व होने लगा था — क्योंकि अब वह जानता था
कि यह 'कछुआ' एक दिन मंज़िल पर पहुँचेगा।

10

लाइब्रेरी और पहली किताब – Laxmikanth और लक्ष्मीबाई

1. जामिया नगर का रास्ता

दिल्ली के शाहीन बाग के पास, एक जगह थी — जामिया नगर।
गली-गली किताबों की दुकानें, चाय-समोसे की महक, और ढेर सारे स्टूडेंट्स की भीड़।

राजू ने सुना था ढाबे पर एक ग्राहक से: "जामिया में लाइब्रेरी है — बड़ी लाइब्रेरी। वहाँ जाकर पढ़ सकते हो। सिर्फ मेहनत चाहिए।"

उस दिन के बाद, राजू के दिल में जिज्ञासा कुलबुलाने लगी थी। एक रविवार, जब होटल का काम जल्दी खत्म हुआ, राजू ने

अपने फटे बैग में एक पेन और एक कॉपी डाली, और निकल पड़ा, जामिया नगर की ओर। पैदल। क्योंकि ऑटो का किराया बचाना था।

जब वह जामिया की लाइब्रेरी के बाहर पहुँचा, तो उसकी आँखें फटी की फटी रह गईं। इतनी बड़ी इमारत! इतने सारे पढ़ते हुए लोग!
शांति से झुके हुए सिर, पन्नों के पलटने की धीमी आवाज़ें, दीवारों पर टँगे मोटिवेशनल कोट्स —
"Dream Big, Work Hard",
"Success belongs to those who believe in the beauty of their dreams."

राजू का दिल धड़कने लगा। यह जगह, किसी मंदिर से कम नहीं थी उसके लिए।

၆ၜ

2. लाइब्रेरी के भीतर की दुनिया

लाइब्रेरी में कदम रखते ही, उसे किताबों की खुशबू ने घेर लिया।

अलमारियाँ — लंबी कतारों में खड़ी, ज्ञान से भरी हुई।
इकॉनॉमिक्स, हिस्ट्री, पॉलिटी, जियोग्राफी —
हर विषय पर किताबें!

कुछ किताबें चमचमाती नई थीं, कुछ पुरानी थीं, किनारों से घिसी हुई —
लेकिन हर किताब से जैसे आवाज़ आ रही थी: "आ जा, हमें पढ़ ले। तुझे सपने तक पहुँचाएंगे।"

राजू धीरे-धीरे अलमारियों के बीच चला — जैसे कोई बच्चा पहली बार मेले में भटक रहा हो।

૭૭

3. पहली मुलाकात — लक्ष्मीकांत

पॉलिटी सेक्शन में, एक किताब उसके हाथ लगी —
"Indian Polity — by M. Laxmikanth"

किताब भारी थी। अंदर कानून, संविधान, संसद, सुप्रीम कोर्ट के बारे में बातें थीं — ऐसी बातें, जो उसने पहले कभी नहीं पढ़ी थीं। राजू ने किताब को ऐसे पकड़ा, जैसे कोई भूखा आदमी खाना पकड़ता है। उसने एक मेज़ ढूँढी, बैठा, और धीरे-धीरे पहला पन्ना पलटना शुरू किया। हर शब्द उसके लिए नया था। कभी-कभी उसे एक ही पैराग्राफ को तीन बार पढ़ना पड़ता था। लेकिन वह रुका नहीं। धीरे-धीरे, शब्दों के बीच से, उसे अपने सपने का चेहरा साफ़ दिखने लगा था।

ब्रेक के समय, राजू लाइब्रेरी के बुलेटिन बोर्ड के पास खड़ा था। वहाँ एक नोटिस चिपका था: "आज़ादी के नायकों पर विशेष प्रदर्शनी — महारानी लक्ष्मीबाई।"

राजू ने सोचा — देखना चाहिए। प्रदर्शनी में, उसने पहली बार
लक्ष्मीबाई की असली तस्वीरें देखीं —
घोड़े पर सवार, तलवार उठाए, आँखों में आग लिए।

उसने पढ़ा —
कैसे झाँसी की रानी ने अंग्रेजों से लड़ाई की थी, कैसे उसने
अंतिम साँस तक हार नहीं मानी थी।

राजू की आँखें नम हो गईं।

"अगर लक्ष्मीबाई इतनी मुसीबतों में भी नहीं झुकी,
तो मैं किस मुँह से हार मानूँ?"

उस दिन लक्ष्मीबाई, उसके लिए एक आदर्श बन गई — सपनों
के साथ जीने और मरने का आदर्श।

෨෪

4. कॉपी में पहला

लाइब्रेरी से लौटते समय, राजू ने अपनी कॉपी खोली, और
उसमें लिखा:

"योजना:

- *Indian Polity by Laxmikanth* — रोज 20 पेज।

- रोज 15 नए अंग्रेजी शब्द याद करना।

<u>महारानी लक्ष्मीबाई की तरह कभी हार नहीं मानना।"</u>

यह उसके जीवन की पहली, योजना थी। एक लड़के की, जो नंगे पाँव गाँव से आया था, अब दिल्ली के बीच, अपने सपनों के लिए एक छोटी सी लड़ाई छेड़ रहा था।

৽৽

5. नई आदत — नई सुबह

अब हर सुबह राजू, काम पर निकलने से पहले पढ़ाई करता। ढाबे में चाय बेचते समय खाली समय में कॉपी में नोट्स बनाता।
डिलीवरी करते हुए कान में अंग्रेजी शब्द दोहराता। दिन में मजदूर, रात में योद्धा, और सपनों में अफसर।

धीरे-धीरे, राजू का जीवन एक नए रास्ते पर चल पड़ा था — धीमे-धीमे, पर मजबूती से।

৽৽

11

माँ को भेजी पहली कमाई

<u>1. महीनों की मेहनत का फल</u>

दिल्ली की गलियों में, गुजरी हर सुबह, हर रात, हर भूख —
अब जाकर एक छोटी-सी थैली में तब्दील हो रही थी। मोहन
भैया ने उस दिन, राजू के काँपते हाथों में कुछ नोट थमाए थे,
पहली तनख्वाह। नोट ज्यादा नहीं थे, लेकिन उनमें राजू के
फटे पैरों की लकीरें थीं, उसकी भूख की चुप्पियाँ थीं, उसके
टूटे-फूटे सपनों की पहली ईंटें थीं। उसने वो नोट गिना — धीरे-
धीरे, जैसे कोई सपना छूने से डरता हो।

राजू ने सुना था स्टेशन के पास एक पोस्ट ऑफिस है, जहाँ से पैसे गाँव भेजे जा सकते हैं। वह दोपहर को चुपचाप वहाँ पहुँचा। पुराने पीले रंग की बिल्डिंग, सीलन भरी दीवारें, और एक बूढ़ा क्लर्क, जिसकी आँखों में भी ज़िंदगी की थकान थी। राजू ने अपनी पहली कमाई का एक हिस्सा निकाला। काँपते हाथों से फॉर्म भरा:

- प्रेषक: राजू कुमार

- प्राप्तकर्ता: माँ — पीरगंज, मधुबन, गिरिडीह, झारखंड

- राशि: 1600 रुपये

जब क्लर्क ने स्टाम्प मारा, राजू के भीतर एक अजीब-सी खुशी फूटी — माँ के चेहरे पर मुस्कान की कल्पना करके।

๑๑

2. माँ की प्रतीक्षा

गाँव में, माँ हर शाम तुलसी के पास दीया जलाकर बैठती थी। हर दिन डाकिए की राह देखती थी। हर गुजरती हवा में बेटे की खुशबू तलाशती थी। फिर एक दिन, डाकिया आया — हाथ में एक मनीऑर्डर लेकर। माँ ने काँपते हाथों से दस्तखत किए।

डाकिया ने पैसे और एक छोटी रसीद पकड़ा दी। माँ ने मुट्ठी में नोटों को भींच लिया — जैसे बेटे के स्पर्श को पकड़ रही हो।

माँ ने सबसे पहले, तुलसी के आगे वह पैसे रखे। फिर दीया जलाया, और चुपचाप आँखें मूँद लीं। आँखों से दो बूंद आँसू गिरे — लेकिन आज ये आँसू दुख के नहीं, गर्व के थे।

"मेरा बेटा बड़ा बन रहा है," उसने मन ही मन भगवान से कहा। फटे पुराने घर में, जहाँ कभी खुशियाँ टपकती थीं, आज एक नई रौशनी भर गई थी।

❧

3. नई ताकत

उधर दिल्ली में, राजू भी चाय की दुकान के पीछे बैठा था, हाथ में वही रसीद पकड़े हुए। उसने अपनी आँखें बंद कीं — और माँ का चेहरा याद किया। उसे लगा — जैसे दूर, बहुत दूर, माँ की दुआओं की गर्मी उसे छू रही हो, उसकी थकी हुई हड्डियों में जान भर रही हो। उसने मुट्ठी भींच ली। आकाश की ओर देखा। और धीरे से फुसफुसाया:

"अभी तो बस शुरुआत है माँ।
एक दिन तुझे *IAS* बेटे का माँ कहा जाएगा।"

अगली सुबह, राजू जब चाय के गिलास धो रहा था, तो उसकी कमर सीधी थी। पैरों में थकावट नहीं थी। आँखों में एक नई चमक थी। क्योंकि अब वह जानता था — उसकी मेहनत का असर हो रहा था। अब वह अकेला नहीं था। अब माँ की दुआएँ उसके साथ थीं और माँ की मुस्कान उसके इरादों में बदल गई थी।

12

रौनक का ताना और 'कछुए' का दर्द

1. दिल्ली के स्मार्ट लड़के

राजू को टिफिन डिलीवरी करने के कुछ पैसे मिले थे, जिससे वह टेस्ट सीरीज लेने का सोचा, क्योंकि वह जानता था कि इतने कम पैसे से वह कोचिंग की Fees जमा नहीं कर पाएगा ।

वह फिर बढ़िया कोचिंग का बढ़िया टेस्ट सीरीज ढूंढा, दिल्ली की उन गलियों में ।
उन दिल्ली की गलियों में, कोचिंग सेंटर के बाहर — चाय की दुकानों पर, ऐसे लड़कों की भीड़ रहती थी, जो अंग्रेज़ी फर्राटे से बोलते थे, महंगे बैग टाँगे रहते थे, और बातों-बातों में देश बदलने की बातें करते थे। वे चमचमाते जूतों में चलते थे, हाथों में महंगे मोबाइल घुमाते थे, और UPSC को यूँ पेश करते थे, जैसे वह महज़ एक औपचारिकता हो।

राजू — उनके बीच था, लेकिन उनके जैसा नहीं था। फटी चप्पलें, पुराना बस्ता, टूटी हिंदी और अंग्रेज़ी के शब्दों से भरी बोली। उसे देख कर अक्सर लोग फुसफुसाते थे। कुछ हँसते थे, कुछ मुँह बनाते थे।

2. रौनक — तेज़, चमकदार, और कटाक्षी

इन्हीं लड़कों में था — रौनक। दिल्ली के एक बड़े प्राइवेट स्कूल से पढ़ा हुआ, साफ उच्चारण, महंगा फोन, और हमेशा चार-छह लड़कों के बीच घिरा हुआ। रौनक को राजू जैसे लड़कों से घिन आती थी — या शायद उसे अपनी चमक दिखाने के लिए ऐसे निशानों की ज़रूरत थी।

जब भी राजू चुपचाप लाइब्रेरी के कोने में बैठा पढ़ता, या अंग्रेज़ी के कठिन शब्दों को चुपचाप लिखता, रौनक और उसका गिरोह फुसफुसाते: "अबे देखो कछुआ आया!"
"इतना धीरे पढ़ता है कि किताब भी बोर हो जाए!"
"ये भी UPSC देगा? हाहाहा! पेपर देखकर रो पड़ेगा ये तो!"

राजू सुनता था। हर शब्द उसकी रगों में तेजाब जैसा उतरता था। लेकिन वह सिर नहीं उठाता था।
कॉपी पर झुका रहता था। पेन चलाता रहता था। धीमे-धीमे, लेकिन लगातार। हर ताने के बाद, राजू का दिल थोड़ी देर के लिए डोल जाता था। कभी उसे लगता था — शायद वे सही हैं। शायद मैं वाकई इस मैदान के लिए छोटा हूँ। लेकिन फिर, वह अपनी टूटी कॉपी पर लिखे उन शब्दों को याद करता था: "मैं

एक दिन *IAS* बनूँगा।"

वह जानता था — ताने पानी की बूंदें हैं, जो पत्थर को काट नहीं सकतीं, पर अगर पत्थर धीरज रखे, तो एक दिन बूंदें भी हार जाती हैं।

☙

3. ताने — जहर या औषधि?

धीरे-धीरे राजू ने एक चीज़ सीखी — ताने सुनकर टूटना नहीं है, ताने सुनकर और मजबूत होना है। हर बार जब रौनक हँसता था, राजू भीतर से सोचता था: "हँस लो जितना हँसना है। आज मुझे छोटा समझ रहे हो, कल तुम राजू को सलाम करोगे।"

उसने अपने दिल के किसी कोने में, तानों को इकट्ठा करना शुरू कर दिया —
जैसे कोई ईंधन इकट्ठा करता हो, जिससे एक दिन इतनी बड़ी आग जलेगी कि पूरी दुनिया देखेगी।

उस रात, जब वह तिरपाल के नीचे थका हुआ लेटा था, राजू ने अपनी फटी कॉपी में लिखा:

"New Pledge (नया वादा):

- हर ताना एक नई किताब की कीमत है।

- हर हँसी एक नए शब्द को सीखने का कारण है।

- हर मजाक मेरे संघर्ष को पक्का करेगा।

- हर चोट मुझे IAS की और करीब ले जाएगी।"

उसने अपने दिल में आग को और हवा दी। अब वह सिर्फ खुद के लिए नहीं लड़ रहा था —
अब वह उन सभी 'कछुओं' के लिए लड़ रहा था, जिन्हें दुनिया ने धीमा कहा था, कमज़ोर कहा था।

ᖇᖇ

4. दिन की नई शुरुआत

सुबह, जब वह लाइब्रेरी पहुँचा, तो रौनक वहीं खड़ा था —
अपनी चमकती मुस्कान और कटाक्ष भरी आँखों के साथ।
रौनक ने फिर हँसते हुए कहा: "अबे कछुए! कितने पन्ने पढ़े?"

राजू ने पहली बार सिर उठाया। आँखों में थकान नहीं थी, डर नहीं था — बस एक शांत आग थी। राजू ने बस इतना कहा:

"तुम तेज़ भाग रहे हो रौनक...
पर मंज़िल किसकी होगी, ये दौड़ के आखिरी मोड़ पर तय
होगा।"

रौनक हँसकर चला गया। लेकिन उस दिन के बाद, राजू ने देखा — रौनक की हँसी में हल्की-सी झिझक आ गई थी। राजू जानता था — *वह तेज नहीं था, वह चमकदार नहीं था, वह फर्राटेदार अंग्रेज़ी नहीं बोलता था।* लेकिन उसे अब यह भी पता था — कि रेस आखिरी वक्त तक होती है, और जीत उसी की होती है, जो गिरकर भी उठता है, जो ताने सुनकर भी चलता रहता है। वह कछुआ था — और अब उसे अपने कछुए होने पर गर्व था।

13

संघर्षमय दिनचर्या – काम + पढ़ाई = नींद की कुर्बानी

1. सुबह की जंग — थकान बनाम सपने

सुबह के चार बजे, जब पूरी दिल्ली रज़ाई में सिमटी होती थी, राजू उठ जाता था। सर्दी की चुभती हवा के बीच, वह अपने फटे गमछे से मुँह ढँकता, और दिनभर की पहली जंग के लिए तैयार होता था।

पहला काम - पढ़ाई, फ़िर ढाबा खोलना। कोयले जलाना, भट्टी गरम करना, गिलासों की झाड़-पोंछ करना। हाथ अकड़ जाते थे, पर वह खुद से वादा कर चुका था — "रुकना नहीं है।"

दोपहर होते-होते, चाय की दुकान पर भीड़ बढ़ जाती थी।

ऑर्डर पर ऑर्डर।
"एक कटिंग चाय!"
"समोसे के साथ सॉस!"
"भैया जल्दी करो!"

राजू दिनभर थका हुआ घिसटता रहता — फटी चप्पलों से फिसलती जमीन पर। जैसे-जैसे सूरज चढ़ता था, थकान भी बढ़ती थी, लेकिन राजू के चेहरे पर शिकन नहीं आती थी। उसकी आँखों में, अब भी सपनों की एक धीमी लेकिन अडिग रोशनी जल रही थी।

୭୬

2. शाम की रेस

शाम होते ही, राजू दूसरी नौकरी के लिए निकल पड़ता था — डिलीवरी बॉय। साइकिल पर सवार, पीठ पर खाने के पैकेट, और मन में तेज़ धड़कता सपना। दिल्ली की भीड़, धूल, ट्रैफिक, हॉर्न, शोर —
राजू के लिए अब ये सब बैकग्राउंड म्यूजिक बन चुके थे।

वह सिर्फ एक आवाज़ सुनता था — अपने दिल की आवाज़:
"एक दिन मैं अफसर बनूँगा।"

जब पूरा शहर थककर सो जाता, राजू तब अपनी असली लड़ाई शुरू करता था। तिरपाल के नीचे, कमजोर स्ट्रीट लाइट की रोशनी में, अपने थके हुए हाथों से फटी किताबें पलटता। नींद

आँखों को भारी कर देती थी। कभी पलकें खुद-ब-खुद गिर जाती थीं। कभी किताब हाथ से गिर जाती थी। लेकिन हर बार, राजू अपने आप को झकझोर कर उठाता था।

"थकान से हार गए तो सपना मर जाएगा।"

हर रात वह तय करता था:
कम से कम 20 पेज पढ़ना है।
कम से कम 15 नए शब्द याद करना है।
कम से कम 1 नया विचार दिमाग में बिठाना है।

चाहे नींद से लड़ना पड़े, चाहे खुद से लड़ना पड़े।

೧ಎ

3. शरीर थकता था, आत्मा नहीं

राजू का एक दिन अब ऐसा बन गया था:

सुबह 4 बजे उठना, फ्रेश होना और पढ़ना, चाय की दुकान पर 6 से 2 बजे तक काम, 2 बजे से 6 बजे तक डिलीवरी, 6 बजे से 12 बजे रात तक पढ़ाई, नींद — बस 4 घंटे की।

शरीर जवाब देने लगता था, पर आत्मा अब स्टील की तरह मजबूत हो रही थी। कभी घुटनों में दर्द होता था, कभी पीठ सीधी नहीं हो पाती थी, कभी हाथों में फफोले निकल आते थे।

लेकिन राजू हर दर्द को देखकर सोचता था: "ये सब मेरे भविष्य का रास्ता है।"

वह अपने हाथों पर पट्टी बाँधता, और फिर से किताब खोलता। वह जानता था — सपनों के सिंहासन पर बैठने के लिए, काँटों भरे रास्तों से गुजरना ही पड़ेगा।

❧

4. अकेलापन — सबसे बड़ी आग

दिल्ली की भीड़ में राजू अकेला था। कोई दोस्त नहीं, कोई परिवार नहीं, कोई पूछने वाला नहीं। कभी-कभी स्टेशन के किनारे बैठकर वह सोचता था: "काश कोई होता, जिससे मैं अपना डर, अपनी थकान बाँट पाता।"

लेकिन फिर वह अपने भीतर झाँकता था — और खुद से कहता: "सपने बाँटने के लिए नहीं होते, सपनों के लिए लड़ना पड़ता है।"

और वह फिर से खड़ा हो जाता था — थोड़ा थका हुआ, थोड़ा टूटा हुआ, लेकिन हार न मानने वाला। धीमे-धीमे, राजू अब धीरे चलने वाला बच्चा नहीं रहा था। अब उसकी चाल में थकावट नहीं थी, बल्कि एक गहरी समझ थी — कि जीत दौड़ने से नहीं आती, बल्कि चलते रहने से आती है। अब हर दिन उसके लिए एक युद्ध था — और हर रात उसकी छोटी-छोटी जीतें थीं।

❧

14

इंटरनेट की दुनिया – Youtube से सीखना, मुफ्त PDF पढ़ना

<u>1. किताबों से डिजिटल तक</u>

दिल्ली की सड़कों पर दौड़ते-दौड़ते, राजू को समझ आने लगा था — कि अकेले किताबों से वह रफ्तार नहीं पकड़ पाएगा। लाइब्रेरी में बहुत कुछ था, लेकिन वहाँ रोज़ जाना, वहाँ पढ़ना, उतना आसान नहीं था, खासतौर पर जब दिनभर की कमाई रोटियों तक ही सीमित हो। फिर एक दिन, एक ग्राहक चाय की दुकान पर बैठा मोबाइल पर कोई वीडियो देख रहा था। राजू झाँक कर देख रहा था — सामने स्क्रीन पर था:

"UPSC Prelims – Last Minute Revision | Polity by M. Laxmikanth"

राजू जैसे चौंक गया हो। "ये तो वही किताब है जो मैं पढ़ रहा हूँ!"

वह पहली बार जान पाया — *Youtube* नाम की एक दुनिया भी होती है, जहाँ पढ़ाने वाले लोग होते हैं, जहाँ वीडियो के ज़रिए पढ़ाई होती है — बिलकुल मुफ्त। राजू के पास एक पुराना बटन वाला फोन था। लेकिन वह जान गया — अब उसे स्मार्टफोन चाहिए।

मोहन भैया से अगली तनख्वाह के कुछ दिन बाद, उसने एक सेकंड-हैंड स्मार्टफोन लिया — ₹2500 में। फोन पुराना था, स्क्रीन पर खरोंचें थीं, बैटरी जल्दी खत्म हो जाती थी — पर राजू के लिए वह किसी आईएएस ऑफिसर की पेन जितनी कीमती थी।

☙

2. पहली बार ऑनलाइन पढ़ाई

राजू ने पहली बार *Youtube* खोला। सर्च बार में लिखा — "*UPSC Polity Hindi*"

पहली वीडियो आई:
"भारतीय संविधान की प्रस्तावना — *Preamble to the Constitution*"

राजू ने हेडफोन लगाया, कोने में बैठा, और वीडियो प्ले किया।
उस वीडियो की आवाज़ जैसे सीधे उसकी आत्मा से टकराई।

"हम भारत के लोग..."

राजू की आँखों में आँसू भर आए। वह सुनता रहा, समझता रहा
— हर शब्द को कॉपी में लिखता रहा।

৽

3. मुफ्त PDF की खोज

कुछ ही दिनों में राजू को पता चला —
Youtube के अलावा, *Telegram* नाम का एक ऐप होता है,
जहाँ *UPSC* की किताबों की फ्री *PDF* मिलती हैं।

उसने एक छात्र से पूछा और उसने मदद कर दी। अब राजू के
फोन में थीं:

- **M. Laxmikanth (PDF)**

- **NCERT History, Geography, Economics**

- **Lucent GK**

Current Affairs Monthly Magazine (Top IAS Coaching की फ्री कॉपी)

उसका बैग भले हल्का हो, पर अब उसके फोन में, पूरा UPSC का ब्रह्मांड था।

૭૭

4. मोबाइल — अब ज्ञान का शस्त्र

राजू ने नियम बना लिए:

- सुबह 4.20 बजे: Youtube पर 1 Lecture

- डिलीवरी करते समय: Podcast-style GK सुनना

- रात को: PDF पढ़ना + Notes बनाना

मोबाइल अब उसके लिए मनोरंजन का यंत्र नहीं था — यह उसका हथियार था। वह सड़क पर चलता, तो भी कानों में Lecture चलता रहता। वह रोटी खाते समय भी Revision करता था।

कभी-कभी ग्राहक मज़ाक करते: "भाईसाहब! अब मोबाइल पढ़ाएगा क्या?"

राजू हल्के से मुस्कुरा देता था क्योंकि उन्हें क्या पता था — यह मोबाइल ही है जो एक दिन कलेक्टर बनवाएगा।

෮ා

5. भाषा की दीवार — और शब्दों की सीढ़ी

Youtube से राजू को अंग्रेज़ी शब्द भी मिलने लगे। अब वह रोज़ एक नया शब्द याद करता। कॉपी में उसने एक नया सेक्शन बना लिया था:

Word of the Day

Resilience — संघर्ष के बाद उठ खड़ा होना

Diligence — मेहनती

Humility — नम्रता...

धीरे-धीरे, राजू की जुबान पर नए शब्द चढ़ने लगे। वह बोलने में झिझकता था, पर अब लिखने में नहीं। वह जानता था —

भाषा दीवार हो सकती है, लेकिन शब्द उसकी सीढ़ियाँ हैं।

൭

6. दिल्ली अब किताब बन चुकी थी

अब राजू की आँखें हर जगह UPSC ढूँढ़ती थीं।

बस में लिखा "जन सेवा" —
तो सोचा: "Public Service" क्या होती है?

दीवार पर किसी नेता का भाषण —
तो सोचा: "Indian Political System" में नेता का रोल क्या है?

दुकान पर टैक्स का पोस्टर —
तो मन में उभरा: "GST Act के बारे में पढ़ना है।"

उसकी दुनिया अब क्लासरूम बन गई थी।

൭

7. नींद अब विलासिता थी

रात के 1 बजे तक स्क्रीन की रौशनी में, राजू की आँखें जलने लगती थीं। लेकिन वह पढ़ता रहता। बैटरी खत्म होती , तो सस्ते पावर बैंक से चार्ज करता। कभी-कभी फोन गर्म होकर बंद हो जाता —

नींद अब विलासिता थी, और पढ़ाई अब पूजा। अब वह वही राजू था , पर अब उसके पास था:

- ज्ञान

- तकनीक

- अभ्यास

- और एक अग्नि समान संकल्प।

धीरे-धीरे, वह 'कछुआ' अब डिजिटल युग का 'शेर' बनता जा रहा था —
शांत, धैर्यवान, लेकिन अपने लक्ष्य की ओर बढ़ता हुआ।

ॐ

15

इंग्लिश से डर – शब्द रोज़ याद करना

1. अंग्रेज़ी – सबसे ऊँची दीवार

राजू के जीवन में अगर कोई एक चीज़ सबसे ज़्यादा डरावनी थी, तो वो थी – अंग्रेज़ी। जब वह *Youtube* पर *Lectures* देखता था, तो कई बार सुनाई देने वाले शब्द, उसे किसी अनजानी भाषा की गोलियों जैसे लगते थे।

"Directive Principles",
"Judicial Review",
"Secularism" —
इन शब्दों के आगे उसके दिमाग का दरवाज़ा बंद हो जाता। कभी-कभी वह सिर्फ सब-टाइटल पढ़ता था क्योंकि बोलने वालों की रफ्तार, उसे जैसे पीछे छोड़कर दौड़ती थी।

<u>2. अंग्रेजी नहीं आती थी — और शर्म आती थी</u>

जब वह लाइब्रेरी में बैठा होता, तो बगल के लड़के बिना रुके अंग्रेज़ी में बात करते थे।

"Bro, I think Article 14 is the real game-changer."
"I got confused between separation of powers and checks & balances!"

राजू उस समय अपनी आँखें नीची कर लेता था। क्योंकि उसे लगता था — "शायद मैं इनके बीच बैठने लायक नहीं हूँ।" कभी-कभी रौनक जैसा लड़का फब्तियाँ भी कस देता: "अबे हिंदी मीडियम वाले कछुए, यहाँ भी चढ़ाई करने आया है?" लेकिन राजू ने उस दिन तय कर लिया था — डर कर नहीं, सीखकर लड़ूँगा। उसने एक पुरानी कॉपी निकाली। उसके पहले पन्ने पर लिखा: <u>English Fifteen Word Daily</u> हर दिन, बस 15 शब्द। उसका मतलब, एक उदाहरण, और उसका हिन्दी रूपांतरण।

पहला शब्द उसने चुना: *Resilience — Ability to bounce back after failure —* संघर्ष के बाद फिर उठ खड़ा होना

दूसरा : Diligence — Careful and persistent work — लगन और लगातार मेहनत

तीसरा : Humility — Being humble — विनम्रता ....

धीरे-धीरे, हर पन्ने पर एक-एक शब्द जुड़ता गया — जैसे किले की ईंटें लगती हों। राजू ने सिर्फ रट्टा नहीं मारा, बल्कि हर शब्द को समझा, उसका उदाहरण अपनी ज़िंदगी से जोड़ा।

"Resilience?"
वह खुद था — गिरने के बाद फिर खड़ा होने वाला।

"Sacrifice?"
माँ — जिसने अपने सपने छोड़कर उसे बड़ा किया।

"Determination?"
वह रात, जब ठंड में काँपते हुए भी उसने किताब नहीं छोड़ी।

एक दिन लाइब्रेरी में, एक लड़के ने उससे पूछा:
"What's your optional subject?" राजू का दिल धक् से रह गया। पर उसने खुद को सँभाला और कहा — "History... Hindi medium." उस लड़के ने मुस्कुरा कर कहा — "Good choice!"

उस दिन राजू को लगा — वह एक परीक्षा पास कर गया।

उसने अपनी कॉपी खोली, और नया शब्द जोड़ा: Confidence — आत्मविश्वास — The belief in one's ability.

༺ঌ༻

3. शब्दों से बनी नई दुनिया

अब राजू हर दिन 15 नए शब्द लिखता। हर रविवार को
Revision करता। हर सुनी हुई अंग्रेज़ी लाइन को लिखता, फिर
Google Translate से उसका मतलब समझता। Youtube पर
अब वह सिर्फ हिंदी वीडियो नहीं देखता, बल्कि अंग्रेज़ी वाले भी
चालू करता, भले ही स्पीड 0.75 पर चलानी पड़े। धीरे-धीरे,
वह अंग्रेज़ी सुनने लगा, फिर समझने लगा, और फिर बोलने
की हिम्मत भी करने लगा।

अब राजू की दुनिया बदल रही थी —क्योंकि उसके शब्द बदल
रहे थे। अब वह "ग़रीब" नहीं था —वह aspirant था। अब वह
"डरा हुआ" नहीं था — वह resilient था। अब वह "हारा हुआ"
नहीं था — वह determined था।

16

आत्म-संदेह के काले बादल

राजू अब हर दिन, वीडियो लेक्चर, *PDF*, नोट्स, और *Vocabulary* में डूबा रहता था। उसका फोन अब उसका क्लासरूम था, कॉपी उसका शस्त्र, और मन में बसी माँ की छवि — उसकी प्रेरणा। लेकिन जैसे-जैसे समय बीतता गया, *UPSC* का सिलेबस, एक अंतहीन पहाड़ की तरह लगता था। इतिहास का हर कालखंड, एक नया महासागर लगता, पॉलिटी के हर आर्टिकल में, कोई नई उलझन छिपी होती। कभी-कभी तो सिर्फ टॉपिक देखकर ही, उसका सिर घूमने लगता था।

रौनक और उसके दोस्त अब *Mock Test* बताते थे। वो एक-दूसरे से कहते: "मेरे 92 आए इस बार।"
"तेरे तो *GS* में 80 पार हो गए न?"

राजू वहीं कोने में बैठा होता, अपने नंबर की कल्पना भी नहीं कर पाता था।उसने जब Mock Test दिया, तो नंबर आए — 53/100, उसका मन जैसे अंदर से ढह गया। शब्द जैसे ब्लर हो गए। उत्तर सब गलत निकले। "क्या मैं इस लायक भी नहीं हूँ?", "क्या मैंने जो देखा, वो सपना नहीं, मज़ाक था?"

एक दिन लाइब्रेरी के कोने में बैठा, राजू की आँखों में आँसू थे। हाथ में किताब थी — लेकिन मन में केवल सन्नाटा। उसने अपनी कॉपी पर लिखा: "Prelims में फेल हो जाऊँ तो क्या होगा?" क्या माँ को बताऊँगा?, क्या गाँव लौट जाऊँगा?, क्या सब हँसेंगे मुझ पर?

उसके हाथ काँप रहे थे। दिल बैठा जा रहा था। शायद... मैं नहीं कर सकता।

౭

2. सपनों की राख में एक चिंगारी - माँ का फ़ोन

उसी कोने में, दीवार पर एक कोट लिखा था — छोटा, लेकिन गहरा: "Success is not final, failure is not fatal - It is the courage to continue that counts." राजू की निगाह उस कोट पर अटक गई। शब्दों ने जैसे उसे हल्का झटका दिया। "अभी नहीं रुका तो क्यों अब रुकूँ?", "फेल हुआ तो क्या हुआ?, सपना तो जिंदा है न?"

उसी शाम, गाँव से माँ का फ़ोन आया । माँ बोली-"बाबू, तू चाहे जहाँ हो, जैसे भी हो, तू मेरा गर्व है।

चाहे कुछ भी हो जाए, बस तू हार मत मानना।"

राजू रो पड़ा। "माँ को क्या बताऊँ?, कि मैं थक गया हूँ?" नहीं। उसने फ़ोन काटा, उसने फ़ोन को अपने सीने से लगाया, और ज़ोर से कहा: "मैं रुकूँगा नहीं!"

3. असफलता की आग में तपना

राजू ने फिर से पढ़ाई शुरू की। गलत उत्तरों का कारण समझा, हज़ारों MCQ हल किए, पिछले वर्षों के पेपर रट डाले, और हर दिन अपनी कमज़ोरी को अपने अभ्यास से कुचलता गया। वह जान गया था — सफलता एक बार में नहीं आती। वह रोज़ थोड़े-थोड़े घाव देकर, एक दिन महाकाय बनकर सामने आती है।

राजू अब टूटने नहीं वाला था। वह जानता था कि वह तेज़ नहीं था, पर वह रुकने वालों में से भी नहीं था।फेल होना उसे रोक नहीं सकता था — बल्कि अब वह और ठोस हो गया था। वह अब और देर तक पढ़ता, और कम सोता, और ज़्यादा लिखता, और... कम डरता।

17

पहली असफलता –
Prelims में फेल

<u>1. परीक्षा की सुबह</u>

दिन था — *UPSC Prelims* का। राजू ने उस दिन के लिए, पिछले 3 साल से तैयारी की और नींदें कुर्बान की थीं, तन्हाई में खुद को हर रात झकझोरा था, सैकड़ों *PDF* पढ़ी थीं, हजारों प्रश्न हल किए थे।

सुबह का सूरज उस दिन कुछ अलग लग रहा था — मानो वो राजू से कह रहा हो:
"आज तुम्हारी परीक्षा है, बेटा।
आज तुम्हारा सपना कागज़ पर उतरने वाला है।"

राजू ने हल्का नाश्ता किया —
सूखा पराठा और पानी। जेब में एडमिट कार्ड रखा। और मन में माँ की दी गई वो एक लाइन —
"सिर ऊँचा रख बेटा, चाहे कुछ भी हो जाए।"

☙

2. परीक्षा केंद्र के बाहर

दिल्ली के सरकारी स्कूल की दीवारों पर, साफ़ अक्षरों में लिखा था:
"UPSC Preliminary Examination — Entry Closed after 9:20 AM"

राजू ठीक समय पर पहुँचा था। चारों ओर लड़के-लड़कियाँ — जिनमें से कई स्मार्ट सूट पहने, बोलते हुए:
"Paper easy होगा न?"
"Last year cut-off 92 था, इस बार 95 cross करेगा..."

राजू चुपचाप एक कोने में बैठा था,
हाथ में अपने बाल पेन को कसकर पकड़े। मन भीतर ही भीतर काँप रहा था।

☙

3. OMR शीट और काँपती उंगलियाँ

साढ़े नौ बजे प्रश्नपत्र आया। OMR शीट सामने थी। पहला सवाल देखा —
भारतीय संविधान में अनुच्छेद 280 किससे संबंधित है?

राजू ने देखा, पढ़ा...
और फिर गहराई से साँस ली। सवालों की भाषा कठिन नहीं थी — पर डर उसकी समझ के रास्ते रोक रहा था।

उसने एक-एक सवाल हल किया। कभी सही उत्तर पर भरोसा नहीं होता था, कभी दो ऑप्शन एक जैसे लगते थे। शब्द आँखों से उतरकर सीधे आत्मा को हिला रहे थे। कई सवाल ऐसे थे, जिनका जवाब वो जानता था, पर डर की वजह से टिक नहीं कर पाया।

෧ා

4. परीक्षा समाप्त और कटऑफ की चिंगारी

साढ़े ग्यारह बजे, परीक्षा समाप्त हुई।

बाहर आते ही कुछ छात्र हँस रहे थे:
"पेपर तो *expected* से आसान था!"
"मेरे तो 85 *confident* हैं!"

राजू बाहर निकला — बिना किसी हावभाव के। उसके पैरों में जैसे जान नहीं थी। हाथ ढीले पड़ चुके थे।
चेहरा वैसा ही था — जैसे कोई अपनी ही उम्मीदों की चिता से उठकर आया हो।

अगले दिन Answer Key आई। राजू ने काँपते हाथों से मिलान करना शुरू किया। एक-एक उत्तर...
एक-एक सवाल...

Final Score — 68.67 कटऑफ गई थी 78.56

राजू के सामने जैसे सब धुंधला हो गया। उसने अपनी कॉपी बंद कर दी। फोन चुपचाप एक तरफ रखा।और दीवार के सहारे बैठ गया।

5. टूटने के बाद जो नहीं टूटता — वही असली होता है

राजू कुछ नहीं बोला। कुछ नहीं लिखा। कुछ नहीं पढ़ा। बस साँसें चलती रहीं। आँखों में आँसू नहीं थे —
क्योंकि अब वह भी सूख चुके थे। बस एक सवाल था मन में:
"क्या सब बेकार गया?"
"क्या मैं सच में इस लायक नहीं?"

दिल कहता — "हाँ, हार गया तू!"
लेकिन आत्मा कहती — "ये पहली हार है, आखिरी नहीं!"

तिरपाल के नीचे बैठा राजू, थैले से माँ की वो पुरानी तस्वीर
निकालता है। धूल लगी, किनारे मुड़े हुए,
लेकिन माँ का चेहरा साफ़ है — सहारा देता हुआ। राजू तस्वीर
से कहता है: "माँ... मैं फेल हो गया।" और फिर कुछ देर चुप
रहने के बाद जोड़ता है: "लेकिन अगली बार... मैं लौटूँगा। और
इस बार डर के बिना।"

राजू ने फिर से किताब उठाई। उसी दिन शाम को। हाँ, उसकी
आत्मा थकी थी। हाँ, वह डरा हुआ था। लेकिन अब उसमें एक
नई चीज़ थी — धैर्य। अब वह डर को पहचान चुका था। अब
वह सवालों से भागता नहीं था।

अब वह तैयार हो रहा था — दूसरे प्रयास के लिए। और इस
बार, पूरी आग के साथ।

૭

18
दूसरे प्रयास की शुरुआत

1. राख से उठती आग

Prelims में फेल होने के बाद की रात, राजू के लिए, कोई आम रात नहीं थी। वह ज़मीन पर लेटा था —
जैसे एक युद्ध में बुरी तरह घायल सिपाही, जिसका अस्त्र भी गिर चुका था, और शरीर भी टूटा था। लेकिन जब आँखें बंद की, तो सपनों की राख में, अब भी एक चिंगारी धधक रही थी। "क्या यही अंत है?", "या ये सिर्फ दूसरा अध्याय है?"

अगली सुबह, जब सूरज निकला, राजू की आँखें लाल थीं — नींद से नहीं, संकल्प से। उसने वही फटी हुई किताब उठाई — *Laxmikanth* और पन्ना खोलकर खुद से कहा: "चल फिर से शुरू करते हैं।
अब डर के साथ नहीं, तैयारी के साथ।"

2. तैयारी का दूसरा अध्याय

इस बार राजू ने, पिछली गलतियों की पूरी लिस्ट बनाई।

क्या नहीं आया था? कहाँ घबराया था? किस टॉपिक को अधूरा छोड़ा था?

हर कमी को लिखा, हर कमजोरी को नंबर दिया, और हर दिन एक लक्ष्य तय किया। वह अब भावुक नहीं, बल्कि रणनीतिक हो चुका था। पहले प्रयास में राजू ने सिर्फ किताबों से तैयारी की थी, अबकी बार वह अपने भीतर से तैयारी कर रहा था।

अब उसे सिलेबस याद नहीं करना था — अब वह हर टॉपिक महसूस कर रहा था। जब वह 'संविधान की प्रस्तावना' पढ़ता, तो उसे अपने गाँव की टूटी सड़कें दिखतीं। 'धर्मनिरपेक्षता' पर आता, तो उसे याद आता — कैसे गाँव के मुसहर टोले के बच्चों को स्कूल में पीछे बैठाया जाता था।

अब पढ़ाई सिर्फ परीक्षा के लिए नहीं थी — यह बदलाव के लिए थी।

ॐ

3. नया रूटीन, नई आग

अबकी बार राजू ने खुद के लिए रूटीन नहीं, रणनीति बनाई।

- सुबह 4 बजे उठना: ध्यान, *Revision + The Hindu* का *Editorial*

- सुबह 7 से 10: *GS*

- शाम 4 से 6: *MCQ Practice + Test Analysis*

- रात 8 से 1: *Optional History + Ethics, Essay + Mind Mapping*

हर दिन के अंत में — वह एक लाइन लिखता: "आज मैंने औरों से नहीं — खुद से बेहतर पढ़ा?"

❦

4. फिर से ऑनलाइन दुनिया

अब Raju ने Youtube पर, "*Prelims Strategy after Failure*" सर्च किया! कई *Toppers* के वीडियो देखे, सुना कैसे वे भी पहले फेल हुए थे। एक वीडियो में कोई कह रहा था: "मैं तीन बार फेल हुआ, पर चौथी बार *AIR* 19 आया!" राजू को जैसे भरोसा मिल गया। "अगर वे कर सकते हैं — तो मैं क्यों

नहीं ?"

राजू ने मोबाइल में सिर्फ 3 चीजें थीं:

- *Youtube (Educational Channels only)*

- *Telegram (PDF, Test Series)*

- *Dictionary App*

जब भी मन भटकता, वह खुद से कहता: "राजू, अगर distraction जीता, तो एक दिन regret में जिएगा!"

अब रात, राजू तिरपाल के नीचे नहीं सोता। वह बैठता रहता, कॉपी पर लिखता रहता:

- *Polity Last Minute Notes*

- *Static GK Revision*

- *Mock Test Revision Sheet*

और फिर धीरे-धीरे आँखें मूँदता।

❦

5. नोट्स नहीं, नक्शे बनते थे

अब वह हर टॉपिक के *Mind Maps* बनाता था। 'भारत का स्वतंत्रता संग्राम' अब केवल तिथियाँ नहीं था — अब वह राजू के भीतर एक क्रांति थी। वह लक्ष्मीबाई को अपनी प्रेरणा मानता, सुभाष को अपनी आवाज़, और गांधी को अपनी रणनीति।

धीरे-धीरे, उसकी कॉपी अब साफ, संगठित और गहराई से भरी हुई थीं। लाइब्रेरी में कुछ छात्र अब उससे पूछने आने लगे: "भाई ये *Modern History* कैसे याद करते हो?", "भैया *Mains* में *Ethics* कैसे लिखते हैं?"

और रौनक?
कभी कभी दूर से देखता, और फिर दूसरी दिशा में मुँह फेर लेता।

❦

6. अब भी ताने थे — पर असर नहीं

रौनक अब भी हँसता था। कभी-कभी कहता: "अबे कछुए, फिर से *Prelims* की तैयारी? रहने दे यार, तुझे चपरासी की नौकरी

मिल जाए वही बड़ी बात है!"

राजू मुस्कुराता था। लेकिन अब वो हँसी, कमज़ोरी की नहीं,
दृढ़ता की थी। "कछुए का क्या है, भाई...
धीमे-धीमे चलता है, पर जीत उसी की होती है।"

राजू अब भी चाय बेचता था, डिलीवरी करता था, लेकिन अब
जब वह रात को पढ़ता, तो उसके आसपास कोई नहीं होता।
फिर भी, उसके भीतर एक भीड़ होती थी — तानों की, ताज्जुब
की, हौसलों की। हर शब्द जो उसने कभी सुना था —
"कछुआ",
"छोटे गाँव वाला",
"इंग्लिश नहीं आती",
"इतनी देर से तैयारी?" —
अब उसकी Motivation बन चुके थे।

7. परीक्षा का एलान

दोबारा Prelims की तारीख आ गई। इस बार जब राजू ने फॉर्म
भरा, तो उसके मन में न कोई डर था, न हिचक। सिर्फ एक
भावना थी — "इस बार मैं तैयार हूँ!"

राजू ने माँ को फ़ोन किया : "माँ, पिछली बार मैं हारा था — अब
मैं रुकूँगा नहीं।"

☙

19

अखबार से दोस्ती – Editorial

<u>1. 'The Hindu' — पहली बार डर से देखना</u>

राजू के लिए 'The Hindu' अखबार एक समय पर, किसी दुर्गम पहाड़ी से कम नहीं था। पहली बार जब उसने अखबार का एडिटोरियल पन्ना खोला, तो हर पैराग्राफ किसी युद्ध क्षेत्र जैसा लगा। अंग्रेज़ी के भारी-भरकम वाक्य, जिनमें एक भी शब्द उसे पूरी तरह समझ नहीं आता।

"What does 'fiscal prudence' even mean?"
"Geopolitical recalibration... ये कौनसी भाषा है?"

राजू का मन घबरा जाता। अब हर सुबह उसका दिन Editorial से शुरू होता था। कॉपी में वो नए शब्द लिखता, फिर उनके मीनिंग गूगल से निकालता, फिर हिन्दी में अर्थ समझता।

हर बार जब उसे कोई कठिन शब्द मिलता —
Ambivalence,
Equanimity,
Conscientiousness —
वह उसे कॉपी में लिखता। उसने *Vocabulary* का एक अलग रजिस्टर बना लिया था — जिसमें अब तक *1500* से ज्यादा शब्द दर्ज हो चुके थे।

धीरे-धीरे उसे पता चला कि *Youtube* और *Telegram* पर *Editorial* का हिन्दी सारांश भी आता है। अब वह पहले सारांश पढ़ता, फिर असली *Editorial* पढ़ता। शब्द अब धीरे-धीरे जाने-पहचाने लगने लगे। *'Fiscal deficit'*, *'Global diplomacy'*, *'Federalism'* — अब उसके लिए किताबों के शब्द नहीं थे — अब वह इन्हें भारत की ज़मीनी सच्चाई से जोड़कर समझने लगा था।

෦෨

2. *'Notes'* नहीं — *'Insight'* बनना शुरू

अब राजू सिर्फ *Summary* नहीं लिखता था। अब वह हर मुद्दे पर अपनी सोच लिखता।

- इस नीति से गाँवों पर क्या असर होगा?

-

इस कानून में संविधान की कौन सी धाराएँ लागू होती हैं?

• क्या यह नीतिगत रूप से टिकाऊ है?

राजू अब उत्तर नहीं रट रहा था — वह UPSC के दिमाग को समझ रहा था।

अब वह *Editorial* पढ़ने के बाद अपने आप से एक सवाल पूछता: "अगर यही सवाल *Mains* में आ गया, तो क्या मैं जवाब दे पाऊँगा?" और फिर वह 250 शब्दों में उत्तर लिखता। उसकी लेखनी अब रुकती नहीं थी। शब्द उसके मन से निकलकर कागज़ पर जैसे बहने लगे थे।

जब वह 'Social Justice' पर पढ़ता, तो उसे माँ का संघर्ष याद आता — कैसे राजू को बड़ा किया। 'Inclusive Growth' उसके लिए सिर्फ नीति नहीं थी — वह गाँव का वह लड़का था, जो कभी किताब नहीं छू पाया। 'Women Empowerment' पर जब पढ़ता, तो उसे गाँव की विधवा महिला याद आती, जिसके घर तक बिजली नहीं थी।

एक दिन जब उसने *Editorial* पढ़ा — तो उसमें एक वाक्य था: "Those who endure the longest, emerge the strongest."

राजू ने उसे *underline* किया। कॉपी में लिखा। और खुद से कहा: "मैं सबसे लंबा टिकने वाला बनूँगा।

क्योंकि मैं हार नहीं मानता।"

अब Editorial उसके लिए दिनचर्या नहीं था — उसकी ज़िंदगी की परछाइयाँ थीं।

20

खुद से लड़ाई

<u>1. शरीर थकता था, पर सपना नहीं</u>

राजू अब जिस दौर में था, वह सिर्फ पढ़ाई का नहीं, बल्कि आत्मसंघर्ष का दौर था। दिन भर काम, फिर लाइब्रेरी, फिर देर रात पढ़ाई —
यह चक्र इतना थकाने वाला था, कि कई बार बदन जवाब दे जाता। लेकिन हर बार जब नींद दबाव डालती, राजू का सपना जाग उठता: "अभी मत सो...
IAS की कुर्सी नींद से नहीं मिलती!"

रात के 12 बजते, तो आँखें खुद-ब-खुद भारी होने लगतीं। कंधे झुक जाते, पलकें लड़खड़ातीं। कभी-कभी किताब हाथ से गिर जाती। कभी तो किताबें सामने खुली होतीं, लेकिन पन्ने 10 मिनट से एक ही पंक्ति पर रुके होते। ऐसे समय में, राजू का सबसे बड़ा युद्ध, किसी रौनक या प्रतियोगी से नहीं था — वह खुद से लड़ रहा था। जैसे ही उसकी पलकें बंद हुईं, उसने खुद को झकझोरा। फिर क्या किया? उठा, फर्श पर थोड़ा पानी छिड़का, अपने चेहरे पर ठंडा पानी डाला, और खुद से कहा:

"IAS की तैयारी है ये। यहाँ नींद भी विलासिता है।"

उसने तय किया —
रात की पढ़ाई बिस्तर पर नहीं होगी। कुर्सी और मेज़ ही होंगे
उसके साथी। कई बार पीठ दर्द करती, घुटने दुखते, पर वह
जानता था —
आराम आज करेगा तो जीवनभर आराम नहीं मिलेगा।
आज दर्द झेलेगा तो कल सम्मान मिलेगा।

हर रात जब उसकी आँखें मुँदती थीं, राजू खुद से एक लाइन
कहता था: *"बस एक पन्ना और..."*

वही एक पन्ना, कभी 10 मिनट बन जाता, कभी 1 घंटा। वही
एक पन्ना कभी पूरा अध्याय बन जाता, कभी पूरा *Test
Series revision*। और यही एक-एक पन्ना, धीरे-धीरे *UPSC*
का घोड़ा बनकर कछुए को मंज़िल तक ले जा रहा था।

❦

2. सपनों का अलार्म

राजू ने अब मोबाइल में *Alarms* लगाने बंद कर दिए थे। अब
उसे उठाने के लिए, घड़ी की घंटी नहीं, माँ की याद, गाँव की
गलियाँ, और खुद से किया वादा काफी था। सुबह 4 बजे, जब
अलार्म नहीं बजता था, तब भी उसका मन उसे जगा देता था -
"अभी सोया तो कछुआ कभी नहीं जीतेगा।" राजू को अब
अपने थके हाथों, जलते हुए आँखों, और झुकी हुई गर्दन से
गुस्सा नहीं, गर्व होता था। वह सोचता: *"अगर मेरी नींद, मुझे*

UPSC से दूर कर रही है, तो मेरी नींद मेरा दुश्मन है —
और मैं दुश्मन को बख़शता नहीं!"

ॐ

3. जीवन का गणित

अब उसका गणित सीधा था:

* 4 घंटे कम पढ़ाई → 2 विषय छूटे

* 2 विषय छूटे → 10 सवाल गलत

* 10 सवाल गलत → कटऑफ से बाहर

तो राजू के लिए नींद = हार, और जागना = जीत की शुरुआत

उसने अपनी कॉपी के आखिरी पन्ने पर लिखा: "जब तक
सफलता मेरी थाली में नहीं परोसी जाती — मैं नींद को मिठाई
की तरह नहीं चखूँगा। आराम मेरे जीवन से दूर रहेगा। मैं हार
सकता हूँ — पर सोकर नहीं।"

21

कछुआ और खरगोश

<u>**1. जब किताबें सजावट बन जाएँ**</u>

दिल्ली की एक पॉश कॉलोनी में, एक बड़ा UPSC कोचिंग सेंटर था —
जहाँ रौनक पढ़ता था। एसी क्लासरूम, HD प्रोजेक्टर, स्मार्ट बुकलेट्स, और स्मार्ट से भी ज़्यादा स्मार्ट बच्चे। रौनक उनमें भी सबसे अलग था — उसकी चाल में आत्मविश्वास कम और अहंकार ज़्यादा था। उसने हर जगह कह रखा था: " Netflix भी देखता हूँ,
संडे को FIFA भी खेलता हूँ।
Prelims तो बाएँ हाथ का खेल है।"

रौनक की पढ़ाई अब स्टेटस बन चुकी थी।उसके Instagram पर फोटो होते थे —
"GS Paper with Americano coffee ?",
"Late Night Ethics with Jazz Music ?"

उसके टेबल पर किताबें थीं, लेकिन कई बार सिर्फ फोटो के लिए खुली जाती थीं। रात को जब राजू फोन में *free PDF* पढ़ता, तो रौनक *Netflix* पर 'Money Heist, Stranger Things, etc.' का नया एपिसोड देखता।

॰॰॰

2. टकराव — चुपचाप, लेकिन गहरा

एक शाम, लाइब्रेरी में राजू बैठा पढ़ रहा था — छुपा हुआ कोना, झुका हुआ सिर, पसीने से भीगा गमछा।रौनक वहाँ अपने दोस्तों के साथ आया। आवाज़ ऊँची थी — और अहंकार और भी ऊँचा। उसे देखकर किसी ने फुसफुसाया : "कछुआ आज फिर टाइम बर्बाद कर रहा है!" रौनक ने मुस्कुरा कर कहा: " ये कछुए बस धूल खाएँगे!"

राजू ने कुछ नहीं कहा। पर उसकी कलम और तेज़ चलने लगी।

॰॰॰

3. रौनक का परिणाम

कुछ हफ्तों बाद, *UPSC* का *Prelims* हुआ। रौनक बड़े आत्मविश्वास से परीक्षा देने गया।
बाहर आकर बोला: "Cut-off पार ही है!"

उसकी *Facebook* पोस्ट वायरल हुई:
"One more ticked.
Mains, here I come!"

लेकिन... *Result* आया। रौनक *Prelims* में फेल हो गया। राजू *Prelims* में *Qualify* हो गया।

⚙

4. घमंड बनाम धैर्य

उसी लाइब्रेरी में, जहाँ रौनक का ठहाका गूँजता था, अब सन्नाटा था। रौनक कोने में बैठा था —
आँखें ज़मीन पर। राजू उसी कोने में बैठा, धीरे से उसकी तरफ देखा, फिर सिर झुका लिया। कुछ नहीं बोला। उसकी जीत का सबसे बड़ा स्वर — उसकी चुप्पी थी।

रौनक की चाल अब धीमी थी, राजू की कलम अब तेज़। रौनक की *Instagram* प्रोफाइल अब चुप थी,
राजू की किताबें अब बोलने लगी थीं। रौनक के *Espresso* अब ठंडे पड़ चुके थे, राजू का गमछा अब और पसीने से भीग रहा था।

जंग अब भी जारी थी — पर घमंड धीरे-धीरे पीछे हट रहा था, और धैर्य आगे बढ़ रहा था।

⚙

<u>5. कछुआ और खरगोश — असली दौड़</u>

रौनक एक खरगोश था — तेज़, आत्ममुग्ध, और लापरवाह।
राजू एक कछुआ था — धीमा, शांत, लेकिन अडिग।

अब कहानी पुरानी नहीं रही, यह आज की UPSC की हकीकत
थी। और इस कहानी का अंत भी वही — जहाँ कछुआ जीता।

22

UPSC Mains का दिन

<u>**1. परीक्षा का सूरज फिर उगा**</u>

राजू के जीवन में फिर वह सुबह आई — UPSC Mains का दिन। पर इस बार, वह राजू वैसा नहीं था, जो पहले डरता था, काँपता था, OMR शीट को देखते ही घबरा जाता था। अब उसकी आँखों में, सालों की तपस्या की चमक थी। अब उसके पसीने में घबराहट नहीं, विश्वास था। उसने माँ की तस्वीर को छुआ, बैग में Admit Card रखा, और बिना किसी शोर के, कदम परीक्षा केंद्र की ओर बढ़ा दिए।

परीक्षा केंद्र के बाहर, भीड़ लगी थी। कई चेहरे घबराए हुए, कई घमंड से भरे।

कुछ लोग कहते सुनाई दिए: "Polity तो रट्टा ही है, बस Luck चले!", "Aaj to guesswork ka din hai bhai!"

राजू एक कोने में खड़ा रहा। उसने किसी से कोई बात नहीं की। उसके चेहरे पर, ना घमंड था, ना डर — बस एक ठंडी शांति थी, जैसे कोई योद्धा रणभूमि में जाने से पहले अपने आप को भीतर से तैयार करता है।

❦

2. शीट — अब युद्ध भूमि थी

राजू के सामने शीट रखी गई। उसने अपना *Roll Number* भरा — काँपते हाथों से नहीं, बल्कि स्थिर और शांत मन से।

प्रश्नपत्र खोला —
पहला सवाल पढ़ा, मन ही मन दोहराया: *"Directive Principles of State Policy* — हाँ, याद है!"*

इस बार, उसके हाथ काँप नहीं रहे थे। हर उत्तर संवेदनशील आत्मविश्वास से चुना गया। वह जानता था कि वह सब नहीं जानता — पर जो जानता था, वह पूरी गहराई से जानता था।

परीक्षा के अंत में, राजू की कनपटी से पसीना टपका। लेकिन वह डर का नहीं था। वह श्रम का था, संघर्ष का था, उस हर रात का था, जब वह खुद से लड़कर जगा था। उसने उत्तर पुस्तिका जमा की, बैग उठाया, और चुपचाप बाहर निकल आया।

❦

3. सब कुछ कह देने वाली चुप्पी

बाहर उसके पुराने परिचित दिखे — रौनक, कुछ और छात्र।

कुछ हँसी-मज़ाक कर रहे थे:
"Paper tricky था ना!"
"Paper mein to maara gaya!"

राजू ने कुछ नहीं कहा। वह बस मुस्कुराया, और वहाँ से निकल गया। उसकी चाल में अब थकान नहीं थी — उसमें सम्मान था।

रास्ते में ऑटो नहीं मिला, तो वह पैदल चलने लगा। चलते-चलते उसने अपने आप से पूछा: "राजू, इस बार कैसा किया?"
और उसका मन बोला: "मैंने अपना सर्वश्रेष्ठ दिया।
अब परिणाम चाहे जो हो —
मैं फिर से उठूँगा। मैं रुकूँगा नहीं।"

23

परिणाम का दिन

<u>1. इंतज़ार की घड़ी</u>

परीक्षा के बाद, राजू की दिनचर्या में कोई बदलाव नहीं आया। वह आज भी सुबह चार बजे उठता, रात देर तक पढ़ता, जैसे कि कुछ हुआ ही नहीं हो। उसके लिए *UPSC*, सिर्फ एक परीक्षा नहीं थी — एक जीवन शैली बन चुकी थी। परंतु...
हर दिन के भीतर, एक अनकहा इंतज़ार पल रहा था। "परिणाम कब आएगा?", "इस बार क्या होगा?"

लाइब्रेरी में भी फुसफुसाहटें थीं: "Result kab aane wala hai?", "Bhaiya, cutoff kya jayega?"

रौनक अब उतना मुखर नहीं था, पर उसकी आँखें अब भी जवाब ढूँढ रही थीं। वह भी जानता था — इस बार उसका विरोधी कोई और नहीं, वो कछुआ था, जो अब हर दौड़ की रेखा के करीब आ चुका था।

2. परिणाम की पूर्व-संध्या

एक शाम, *Telegram* ग्रुप में मैसेज आया: *"UPSC Mains Result likely to be declared tomorrow at 11:00 AM."*

राजू ने सिर्फ मोबाइल देखा, धीरे से सिर हिलाया, और फिर वापस किताब में डूब गया। उस रात नींद आई — पर हल्की।

सपने में एक कोरा पन्ना था...
जिसके कोने में कुछ लिखा था —
"Qualified"

☙

3. सुबह 11:00 बजे

सुबह की धूप में, एक अजीब-सी बेचैनी थी। राजू ने खुद से कहा:
"जो होगा देखा जाएगा। मैं पहले काम पर जाता हूँ।"

मोहन भैया की दुकान पर, उसने रोज़ की तरह चाय बनाई, गिलास धोए, लेकिन मन वहीं था — *UPSC* की वेबसाइट पर। 11:05 बजे मोहन भैया ने मोबाइल स्क्रीन उसकी ओर बढ़ाई: *"देख... Result आ गया है।"*

राजू ने चुपचाप मोबाइल लिया, वेबसाइट खोली, *Result* का *PDF* डाउनलोड किया। *PDF* खुलते हुए जैसे, दिल की धड़कनें ठहर रही थीं।

Type किया:
"*Rajendra Munda*" स्क्रीन पर कुछ नहीं हुआ।

एक सेकंड...
दो सेकंड... "*Match 1 of 1*"

राजू की आँखें स्क्रीन पर अटक गईं। नाम चमक रहा था। *Roll No. xxxxxxx – Rajendra Munda*

उसने रोल नंबर मिलाया, रोल नंबर सही था। अब वह *UPSC Mains* की परीक्षा *Qualify* कर चुका था।

೧~೨

4. सन्नाटा — और फिर तूफ़ान

उस पल सब कुछ ठहर गया। सड़क का शोर सुनाई देना बंद हो गया, मोहन भैया की दुकान की चाय की सीटी भी थम गई। फिर जैसे भीतर कुछ फटा — और आँखों से आँसू बह निकले। "माँ, तेरा बेटा पास हो गया।" राजू ने सबसे पहले , मोबाइल से गाँव कॉल किया। फोन उठाते ही आवाज़ आई: "हैलो?" "माँ... मैं पास हो गया।"

∞

5. लाइब्रेरी की तालियाँ

जब वह शाम को लाइब्रेरी पहुँचा, तो वहाँ की हवा कुछ अलग थी। किसी ने कहा: "भैया Qualified कर गए!" , "वो कछुआ... मेरिट में आ गया!"

सब तरफ तालियाँ थीं — लेकिन राजू बस मुस्कुरा रहा था। उसकी मुस्कान में गर्व नहीं, संघर्ष की थकान और जीत की शांति थी।

रौनक ने एक बार राजू की ओर देखा। राजू ने भी देखा। इस बार दोनों मुस्कुराए —
रौनक थोड़ी शर्म के साथ, राजू थोड़ी नम्रता के साथ।

कहानी अब पलट गई थी।

24

UPSC इंटरव्यू

1. UPSC इंटरव्यू — उस कमरे की खामोशी

दिल्ली का धूल भरा मार्च महीना था। गर्मी अभी आई नहीं थी, लेकिन घबराहट की पसीने जैसी बू उस तीसरी मंज़िल के कमरे में साफ महसूस हो रही थी — UPSC भवन, धौलाकुआँ। बाहर बेंच पर राजू बैठा था — मोहन भैया से मांगा हुआ फॉर्मल पैंट शर्ट में, और आँखों में हजारों किमी दूर अपने गाँव की यादें लिये।

नामः राजेन्द्र मुंडा
पिता का नामः धर्मेन्द्र मुंडा (दिवंगत)
जातिः *Scheduled Tribe*
कोटाः *PWD (Locomotor Disability* — बाएं पैर में आंशिक लकवा)

गहरे साँवले रंग का, थोड़ा झुकी पीठ वाला, लेकिन उसकी आँखें सीधे देखती थीं — जैसे उन्हें डर शब्द से नफ़रत हो।

दरवाज़ा खुला। *"Candidate, Mr. Rajendra Munda?"*

राजू उठा। उसके जूते थोड़े घिसे थे, लेकिन आत्मा भीतर चमक रही थी।

Panel Room — पाँच सदस्य। एक चेयरमैन, दो सीनियर ब्यूरोक्रेट्स, एक महिला और एक मनोवैज्ञानिक।

फाइल उठती है — उसमें लिखा है: *"Worked as waiter, Tea seller. PWD, ST. Father: Killed in Maoist violence. Cleared mains in Hindi medium."*

एक सदस्य (नाक सिकोड़ते हुए): *"You're saying you studied for UPSC and worked too? Are you sure you could focus properly?"*

राजू: *"Sir,* मैंने मेहनत दोहरी की — वक्त आधा था, लेकिन मेहनत-भरोसा पूरा था।"

एक वरिष्ठ महिला पैनलिस्ट: *"Your English is not fluent. As an administrator, you will be required to draft reports, attend national level meetings. How will you manage?"*

राजू (थोड़ा घबरा गया, लेकिन मुस्कराया): *"Ma'am,* मेरी भाषा थोड़ी टूटी हो सकती है —
लेकिन मेरा इरादा, मेरे फैसले... वो पूरे होंगे। *Reports* मैं सीख

लूँगा...
देश का भाषा दर्द पहले ही समझता हूँ, जिस ज़मीन से आया
हूँ, वहाँ लोग संवाद के लिए भाषा बोलते हैं, जिसमें भी भारत
के अधिकतर लोग हिंदी से वाकिफ हैं और जहाँ ज़रूरत पड़ी,
वहाँ सीखूँगा।"

चेयरमैन की आवाज़ आती है —
"*Mr. Munda, you come from a very sensitive region
of Jharkhand. Tell me — why IAS?*"

राजू ने सीधा उत्तर दिया:
"*Sir,* जब कोई सिस्टम काम नहीं करता, तो लोग बंदूक उठाते
हैं। मैं चाहता हूँ कि मेरा गाँव किताबें उठाए। इसलिए *IAS*।"

दूसरा सदस्य — थोड़े सख्त स्वर में पूछता है:
"*Your father was killed by Naxal Maoists. Suppose
you are posted there again. Revenge or not?*"

राजू: "Sir, मेरे पिता किसान थे — मिट्टी जोतते थे, बारिश में भीगते थे, और अपने खेत में फसल के साथ सपना भी उगाते थे। एक गहरा साँस लेकर उसने कहा: "अगर मुझे बदला लेना होता — तो IPS में जाता।

लेकिन मैं बदलाव लाना चाहता हूँ। मैं गाँव में स्कूल खोलूंगा, सड़क पहुँचाऊँगा, और बच्चों को यह एहसास दिलाऊँगा कि सरकार सिर्फ डर नहीं, विकास भी ला सकती है।

मैं इंसान जोड़ने आया हूँ, और वो काम सिर्फ अफसर बनकर नहीं — इंसान बनकर ही हो सकता है।" मैं बदला लेने नहीं, बदलने आया हूँ। हाँ, उस ज़मीन पर लौटूँगा।

लेकिन हथियार लेकर नहीं — नीति और योजना लेकर।"

पैनल के चेहरे भावशून्य थे। किसी ने सिर नहीं हिलाया, न मुस्कराया।

◦◦◦

2. इंटरव्यू का अंत — भारी माहौल, हल्का जवाब

अंत में चेयरमैन बोले: "Okay Mr. Munda. You may leave now." कोई मुस्कराया नहीं। कोई उत्साहवर्धन नहीं मिला।

राजू बाहर आया। बैठा। मन में सवाल गूंजा: "शायद मैंने impress नहीं किया..." लेकिन फिर खुद से कहा: "शायद वो मुझसे शब्दों की सटीकता चाह रहे थे, पर मैं तो सिर्फ सच लेकर आया था।"

◦◦◦

25

परिणाम – माँ, मैं कलेक्टर बन गया

राजू इंटरव्यू के बाद वापस गाँव नहीं गया। दिल्ली के उसी कमरे में रहा, जो ढाबे के पीछे था। दीवारों से सीलन झरती थी —

लेकिन वह हर सुबह उसी तरह उठता, ढाबे में काम करता — और पढ़ाई करता, रात को पुराने नोट्स पलटता था। हर दिन वही टूटी नोटबुक, पन्ने पर एक ही वाक्य लिखा होता: "रुकना नहीं है — चाहे कोई माने या न माने।"

2. परिणाम

शाम के 5 बजने वाले थे। श्यामू, ढाबे के मोहन का बेटा था, बोला: "चलो आर्या साइबर... वहाँ नेट तेज़ है।" राजू चुपचाप

उठा — न पैर तेज़, न दिल धीमा। आर्या साइबर में 5 कंप्यूटर थे। राजू और श्यामू को एक मिली। दुकानदार ने पूछा — "*UPSC* देखना है?"
राजू ने सिर हिलाया।

www.upsc.gov.in टाइप किया गया।

loading...
error 503...
refresh...
loading...

फिर अचानक स्क्रीन खुल गई। राजू ने धीरे-धीरे *details* टाइप किया, स्क्रीन पर चमकता हुआ *Result* उभरा:

CIVIL SERVICES (MAIN) EXAMINATION

ROLL NO.: *xxxxxxx* NAME: Rajendra Munda
MARKS OBTAINED

SUBJECTS MARKS
ESSAY (PAPER-I) 120
GENERAL STUDIES -I (PAPER-II) 100
GENERAL STUDIES -II (PAPER-III) 095
GENERAL STUDIES -III (PAPER-IV) 086
GENERAL STUDIES -IV (PAPER-V) 118
OPTIONAL-I (HISTORY) (PAPER-VI) 125

OPTIONAL-II (HISTORY) (PAPER-VII) 130
WRITTEN TOTAL 774
PERSONALITY TEST 139
FINAL TOTAL 913

Remarks:-RECOMMENDED

फिर राजू ने रिजल्ट लिस्ट का पीडीएफ डाउनलोड किया, मेरिट लिस्ट में अपना नाम और *Rank* देखने के लिए, श्यामू ने बोला: भैया *Ctrl+F* दबाके और अपना नाम टाइप कीजिए, राजू ने नाम टाइप किया - *Rajendra Munda* ।

"Match 1 of 1", राजू की आँखें स्क्रीन पर अटक गईं। नाम चमक रहा था।

ROLL NO.: xxxxxxx NAME: Rajendra Munda
Rank: 121
Category: ST (PWD)

राजू कुछ देर देखता रहा। ना मुस्कुराया। ना चिल्लाया। सिर्फ धीरे से स्क्रीन को हाथ से छूकर बोला: "माँ... तेरा बेटा अब कलेक्टर बन गया।"

೦౨

3. <u>फोन — जो अब कांपते हाथों से उठाया गया</u>

उसने अपना पुराना फोन निकाला। माँ का नंबर डायल किया।
"हैलो... "
(आवाज़ धुंधली थी, पर कंपकंपी साफ़ थी) राजू ने गला साफ़
किया...
थोड़ी देर चुप रहा...
फिर कहा: "अम्मा... तुझे याद है, तू कहती थी कि
बेटा, तू अफसर बनेगा?" "अम्मा... आज सरकार की लिस्ट में
मेरा नाम है।
मैं IAS बन गया हूँ।
मैं अब वो लड़का नहीं जो सब्ज़ी लेकर बेचने जाता था...
अब मैं कलेक्टर बनूंगा।"

फोन पर चुप्पी थी। फिर आवाज़ आई — भीगी हुई, लेकिन
मज़बूत: "सपना था बेटा, तू अफसर बनेगा, आज तूने उसे पूरा
कर दिया।"

෴

4. ढाबे की दीवार पर टँगी तारीख़

ढाबे के मालिक "मोहन" ने दीवार पर पोस्टर लगाया: "हमारे
यहाँ काम करने वाला लड़का — अब अफसर बन गया है।
नाम: राजेन्द्र मुण्डा — IAS, 121वीं रैंक"

मोहन भैया ने ढाबे में उसका सम्मान किया एक बढ़िया महंगा
फोन दिया। राजू ने वही चाय बनाई —
लेकिन आज हाथ काँप नहीं रहा था। आज उसकी उंगलियाँ
थकावट नहीं, गरिमा उठाए थीं।

डी. पी. साहू

26

गाँव लौटना – माँ की आँखों में गर्व के आँसू

सुबह के 4 बजे थे।

दिल्ली अभी गहरी नींद में थी — लेकिन उस कमरे की हवा में हलचल थी, जहाँ राजू मुँडा ने ज़िंदगी की सबसे मुश्किल किताबें पढ़ी थीं। कमरा वैसा ही था —

दीवारें अब भी वही थीं, जिन पर कभी मोटिवेशनल पोस्टर टांगे थे — "NEVER GIVE UP", "सपना देखो बड़ा"।

लेकिन अब वो पोस्टर पुराने हो चुके थे, कुछ के कोने फट गए थे, और रंग हल्के पड़ चुके थे —

पर एक लाइन अब भी ताज़ी लगती थी —

"मिट्टी नहीं छोड़नी, चाहे जितना समय लगे।"

राजू अलमारी के पास बैठा था।

वो अलमारी जो कभी नोट्स से भरी थी — अब खाली थी, पर

उसकी यादों से लबालब थी। उसने अंदर रखा एक नीला डायरी निकाला, और उसका आख़िरी पन्ना पलटा। पंक्तियाँ धुंधली हो चुकी थीं, पर भावनाएँ आज भी वैसी ही थीं: अगर अफसर बन गया, तो सबसे पहले उस खेत में जाऊँगा —
जहाँ बाबा की लाश पड़ी थी।

वह उठकर खिड़की के पास गया। दिल्ली की सर्द हवा ने उसके चेहरे को छुआ और उसने आँखें बंद कर लीं। उसके होठों से बस एक फुसफुसाहट निकली —
"धन्यवाद दिल्ली... तूने मुझे अफसर नहीं, इंसान बनाया।"

൭൭

2. माँ को कॉल

सुबह के 6:30 बजे —
राजू के हाथ में वो पुराना मोबाइल था, जिससे कभी माँ से बात करने के लिए दुकान पर नेटवर्क ढूँढता फिरता था। उसने नए फ़ोन में सिम डाला जो उसे मोहन भाई से पुरस्कार के रूप में मिला था। उसने नंबर दबाया — पहले की तरह हाथ नहीं काँपा, लेकिन दिल आज भी वैसे ही धड़क रहा था। "हँलो..." — माँ की आवाज़।

राजू की आँखें भर आईं। साँस खींचकर कहा: "माँ... मैं आ रहा हूँ... इस बार सिर झुकाकर नहीं, नाम की प्लेट लेकर।" राजू मुस्कुराया, जैसे पहली बार उसने दुनिया को जीता हो: " माँ... बाबा की उस ज़मीन पर भी जाऊँगा जहाँ तुम रोई थीं... अब वो मिट्टी भी मुस्कुराएगी।"

फिर कुछ नहीं कहा गया। मोबाइल की दूसरी तरफ़ सिर्फ़ साँसों की आवाज़ थी।

⌁

3. ट्रेन की खिड़की

दिल्ली स्टेशन पर ट्रेन खड़ी थी।
इस बार टिकट रिटर्न टिकट था — AC Tier, कुशन वाली सीटें, कंबल और पानी की बोतल। जो टिकट मोहन भैया ने कराई थी, साथ में मोहन भैया अपने बेटे श्यामू के साथ में राजू को स्टेशन पर विदा करने आए थे।

राजू डिब्बे में चढ़ा, लेकिन बैठने से पहले उसने अपने जूते उतारे। पैर सीधा फैलाया — जिसमें अब भी हल्की सी अकड़न थी, बचपन की बीमारी का निशान। पर आज... ये कमजोरी नहीं, उसके संघर्ष की पहचान थी। वो खिड़की से बाहर देखता रहा —हर गाँव, हर खेत, हर नदी को।
बच्चे मैदान में खेलते, औरतें खेतों में काम करतीं, कहीं-कहीं पहाड़ियाँ दिखतीं।

राजू सोच रहा था: "इन रास्तों ने कभी मुझे छोटा समझा था। अब इन्हीं रास्तों से मैं लौट रहा हूँ —
जड़ से जुड़कर, ज़मीन से उठकर।"

ट्रेन की आवाज़ें, चाय वालों की पुकार, और स्टेशन के बोर्ड... सब जैसे उसे याद दिला रहे थे कि यह वापसी सिर्फ़ शरीर की

नहीं, आत्मा की थी।

%

4. पारसनाथ स्टेशन — अब कोई टिकट नहीं माँगता था, सब सम्मान देते थे

स्टेशन पर हलचल थी। लेकिन आज कोई भीड़ ट्रेन पकड़ने के लिए नहीं भाग रही थी —
आज भीड़ इंतज़ार कर रही थी — एक बेटे की, एक अफसर की।

जैसे ही ट्रेन प्लेटफॉर्म पर रुकी, तालियाँ बज उठीं, किसी ने ढोल भी बजाना शुरू किया। और सबसे आगे खड़ी थी माँ — सफेद साड़ी में, हाथ में चावल और टीके से भरी थाली। राजू, ट्रेन के डिब्बे से नीचे उतरा, झुककर माँ के पाँव छुए। माँ के आँसू रुके नहीं।

"आज जो तू है, वो सिर्फ़ तेरी मेहनत नहीं —
वो सारी रातों की जागी हुई नींदों का फल है।"

राजू ने माँ की हथेली पकड़कर कहा: "माँ... अब तेरे बेटे को कोई लंगड़ा कछुआ नहीं कहेगा, अब कोई मजाक नहीं उड़ाएगा।

%

5. गाँव की गलियों में पहली बार गर्व घूमा

गाँव की वही गलियाँ — जहाँ एक समय में कोई कहता था:
"अरे ये लंगड़ा कछुआ क्या अफसर बनेगा?" अब वहीं से गुज़र
रही थी जिप्सी, जिसमें राजू बैठा था, वहां के सम्मानित लोगों
के साथ। बच्चे पीछे-पीछे दौड़ रहे थे — किसी ने टॉफी माँगी,
किसी ने बस हाथ हिलाया।
एक बच्चा तो नाचते हुए चिल्ला रहा था: "देखो देखो! कछुआ
जीत गया!" और राजू की आँखों में हँसी और आँसू दोनों एक
साथ उभर आए।

❦

6. पंचायत सभा — अब घूंघट नहीं, सवाल थे

गाँव का पंचायत भवन, जहाँ पहले सिर्फ़ उपस्थिति लगती थी
— आज वहाँ भीड़ थी। मंच के ऊपर, झारखंड सरकार का बैनर
लहरा रहा था और नीचे, लोग पंक्तियों में बैठे थे। कुछ के सिर
पर गमछा, कुछ के चेहरे पर झिझक। बुज़ुर्ग अपनी लाठी
पकड़कर आये थे, महिलाएं आज घूंघट के बजाय सवाल लेकर
आई थीं।

सबकी निगाहें मंच पर थीं — जहाँ पहली बार कोई 'अपना
बेटा' खड़ा था — अफसर बनकर। राजू ने माइक नहीं लिया,
उसने सिर ऊपर किया और आँखों में सीधे गाँव वालों को देखा।
"आज से कोई अफसर तुम्हें या तुम्हारी फाइल अनदेखा नहीं
करेगी।
अब तुम्हारा बेटा तुम्हारा जवाब देगा।" सन्नाटा छा गया फिर

धीमे-धीमे ताली बजी, और फिर लहर बन गई।

राजू ने बात आगे बढ़ाई: "मैंने खुद स्कूल बंद होते देखा है। माँ को राशन के लिए रोते देखा है।
अब वो दिन नहीं लौटेंगे। स्कूल खुले रहेंगे, टीचर आएँगे।
और राशन — अब सिर्फ़ दुकान से नहीं, भरोसे से बटेगा।"

एक बूढ़े किसान ने खड़े होकर कहा: "बेटा... आज पहली बार लगा कि ये मंच, हमारा है। हमारे लिए है।"

राजू ने हाथ जोड़कर सिर झुकाया।

‌‌‌

7. माँ की खाट पर वापसी — अब चुप्पी की जगह कहानियाँ थीं

रात गहराने लगी थी। गाँव की बिजली कब की चली गई थी, लेकिन घर के आँगन में दिए की लौ अब भी टिमटिमा रही थी।
राजू ने वही पुरानी खाट निकाली — जिस पर एक ज़माने में उसकी माँ बैठकर आँसू बहाया करती थी, जब उसका बेटा किसी शहर की धूल में अपने भाग्य की खोज में भटकता था।

आज वही माँ...
घी लगी रोटी और गुड़ लेकर आई। उसने धीरे से कहा: "जब तू छोटा था, तो मैं तुझे सुला देती थी...
आज तू अफसर है —
तो मेरी नींद वापस आ गई है।"

राजू ने एक निवाला मुँह में लिया, और माँ की हथेली को अपनी हथेली में ले लिया। "माँ... अब तेरा बेटा अफसर नहीं फिर से वही बच्चा है। पर इस बार... जिम्मेदारी साथ लाया हूँ।"

उसने सिर उठाया और धीरे से कहा: "जहाँ बाबा की हत्या हुई थी —
वहीं एक स्कूल खुलेगा। उसका नाम होगा — 'धर्मेन्द्र आदर्श विद्यालय'।"

माँ की आँखों में आँसू आ गए पर इस बार वो आँसू दर्द के नहीं थे — ये आशीर्वाद की बारिश थी।

๑๏

8. अगली सुबह — जब बच्चे डरते नहीं, सपने देखते हैं

अगली सुबह की हवा में कुछ अलग था। गाँव की गलियों में बच्चों की हँसी थी — डर नहीं, उत्सुकता थी।राजू ने आज, बस एक सफेद कुर्ता, नीला पायजामा और कंधे पर गमछा डाला — जैसे वो फिर से वही 'राजू भैया' बन गया हो। वो गाँव के स्कूल

पहुँचा। बच्चे एक पल को सहम गए फिर एक ने पहचान लिया: "अरे! ये तो वही है... जो झोपड़ी के बाहर किताब पढ़ता था!" राजू मुस्कराया। वो क्लासरूम में गया, बोर्ड उठाया, और चॉक पकड़ी। "अगर तुम धीरे चल रहे हो तो रुको मत। क्योंकि जो नहीं रुकते, वही अफसर बनते हैं।"

बच्चों की आँखों में चमक आ गई। आज पहली बार किसी ने उन्हें बताया था कि अफसर बनने के लिए तेज़ दौड़ना नहीं पड़ता, बल्कि टिके रहना पड़ता है।

27

मसूरी – अफसर बनने की शुरुआत

<u>1. पहाड़ की पहली हवा — और भीतर की घबराहट</u>

मसूरी।
पहाड़ों की रानी — लेकिन आज इस शांत शहर की गोद में
भारत के नए अफसरों का पहला कदम रखा गया था।
LBSNAA — Lal Bahadur Shastri National Academy
of Administration। जहाँ से भारत के प्रशासनिक तंत्र को
उसकी रीढ़ मिलती है। जहाँ हर वर्ष चुनिंदा युवाओं को
"सर" या "मैडम" नहीं बल्कि सेवा का अर्थ सिखाया जाता है।

राजू की ट्रेन देहरादून पहुँची थी, और अब वो सरकारी बस में
बैठकर, पहाड़ों की घुमावदार सड़कों से ऊपर चढ़ रहा था। हर
मोड़ पर जैसे बचपन की कोई याद उभरती थी। बस की
खिड़की से झाँकते हुए
उसने देखा — दूर पहाड़ों पर बादल उतर रहे थे, जैसे कोई माँ
अपने आँचल से बेटे को ढक रही हो। लेकिन मन के भीतर कुछ

काँप रहा था। "क्या मैं यहाँ फिट हो पाऊँगा?, क्या मेरी चाल, मेरा गाँव, मेरी बोली... ये सब मुझे यहाँ अलग नहीं कर देंगे?" अकादमी का मुख्य गेट आया। बड़े-बड़े अक्षरों में लिखा था: *"Character is the highest virtue in governance."*

राजू की नज़र नीचे गई, वहीं से सीढ़ियाँ चढ़ती थीं — लंबी, ठंडी, चुप सीढ़ियाँ। "शरीर की चाल धीमी है, लेकिन आत्मा अब तेज़ चल रही है।"
उसने खुद से कहा और पहला कदम रखा — भारत के अफसर बनने की असली शुरुआत की ओर।

❧

2. पहले दिन की घबराहट

अगली सुबह 4:00 बजे। राजू का कमरा नंबर 104। वो अलार्म से नहीं, घबराहट से जागा।
आईने में खुद को देखा, कपड़े इस्तरी किए हुए थे, लेकिन टाई... "भाई... ये गाँठ मेरी UPSC से बड़ी लग रही है..." उसने रूममेट से कहा।
रूममेट — एक तेज़-तर्रार अंग्रेज़ीदार लड़का था, दिल्ली से। वो हँस पड़ा। "सर, गाँठ बाँधना हम सिखा देंगे...
लेकिन जिंदगी की गाँठों निकलकर यहाँ तक आना — वो तो आप ही सिखा सकते हैं।" राजू मुस्कुरा गया और टाई बाँधने की पहली गाँठ भी बन गई।

❧

3. क्लासरूम में पहली बार — जब अंग्रेज़ी की बौछार हुई

IAS, IFS — देश के कोने-कोने से चुने गए, सबसे बुद्धिमान, सबसे तेज़, सबसे पढ़े-लिखे लोग एक साथ। पहली क्लास —
"Indian Constitution and Public Administration"।
अंग्रेज़ी में बहस हो रही थी।
"Constitutional morality", "liberal interpretation", "comparative governance"...

राजू चुप था। वो सुन रहा था — पकड़ रहा था, समझ रहा था। पर अंदर कुछ बोलना चाहता था। फिर एक दिन विषय आया —

"Grassroots Governance" प्रोफेसर ने पूछा —
"कौन बताएगा कि शासन की असली विफलता कहाँ दिखती है?"

क्लास चुप थी और पहली बार — राजू खड़ा हुआ। धीमी, लेकिन साफ़ हिंदी में बोला: "सर, जब आप कहते हैं 'सिस्टम फेल हो गया', तो दिल्ली में इंटरनेट बंद होता है...
लेकिन हमारे गाँव में राशन नहीं आता। वहाँ फेल सिस्टम नहीं दिखता — वह महसूस होता है।"

प्रोफेसर ने चश्मा उतारा, मुस्कराए: "This... is the real classroom of democracy."

෧෨

<u>4. ट्रैकिंग डे</u>

हर बैच का परंपरागत 'टॉप हिल ट्रैक' — *LBSNAA* से शुरू होकर एक दुर्गम पहाड़ी तक का ट्रैकिंग। ट्रेनर्स ने राजू को देखा, पैर की हल्की विकलांगता थी। "सर, आप चाहें तो *medical exemption* ले सकते हैं। *PWD* में ये *allowed* है।"

राजू मुस्कुराया। "सर... जब एक बार गाँव में हाथियों का झुंड आ गया था, और सब भाग रहे थे, तब मैंने माँ को उठाकर जंगल की ओर भागा था। तब भी किसी *quota* ने नहीं रोका था — आज भी नहीं रोक सकता।"

उसने ट्रैक शुरू किया — धीमा था, थका था, पर न रुका, न झुका। सबसे आखिर में पहुँचा — लेकिन सबसे ऊँचा उठकर।

๑๏

<u>5. देश दर्शन — पहली बार भारत को अन्दर से देखा</u>

'भारत दर्शन' —
जहाँ अफसरों को देश के विविध हिस्सों में भेजा जाता है ताकि वे भारत को सिर्फ़ किताबों से नहीं, धूल और पसीने से भी जान सकें।

राजू गया —
मणिपुर — जहाँ उसने बंकरों में छुपे बच्चों की कहानियाँ सुनीं।

केरल — जहाँ पंचायत भवन में बैठीं महिलाओं से सुना कि सत्ता सिर्फ़ कुर्सी नहीं होती, वो रसोई की भी बात होती है। राजस्थान — जहाँ उसने जल संकट को आँखों से देखा, और एक बच्चे की बोतल में बची एक बूँद को सम्मान की तरह लिया।

हर जगह — राजू फोटो खिंचवाने नहीं गया था, वो गया था सुनने-समझने। "जब आप लोगों की भाषा में बात करते हैं, तो वो शासन को नहीं — भरोसे को समझते हैं।"

৩৩

6. समापन समारोह — जब मंच पर एक गाँव खड़ा हुआ

LBSNAA का आख़िरी दिन — समापन समारोह। सबसे आगे बैठे प्रोफेसर, वरिष्ठ अधिकारी, और देश के प्रतिष्ठित *IAS alumni*। राजू को मंच पर बुलाया गया। वो चला — वही धीमी चाल, लेकिन आज उसकी चाल में लय थी — विश्वास की लय।

माइक पर खड़े होकर कहा: "मैं झारखंड से हूँ। मैंने ट्रेनिंग में बहुत कुछ सीखा पर सबसे बड़ा पाठ ये है — अफसर बनने से पहले आपको इंसान बनना आना चाहिए क्योंकि कानून सबको बाँधता है — लेकिन न्याय उन्हें जोड़ता है, जो टूटे हुए होते हैं।"

भीड़ चुप थी। फिर धीरे-धीरे तालियाँ उठीं — और हर तालियों में... एक गाँव की मिट्टी की आवाज़ थी।

28

पहली पोस्टिंग – नक्सल क्षेत्र में लौटना

1. नियुक्ति-पत्र — वही जिला, वही दर्द

LBSNAA से विदाई के कुछ दिन बाद। कुछ दिन सुकून के बीते, पर भीतर की बेचैनी हर दिन सवाल बनकर उठती थी — "अब मैं अफसर हूँ, लेकिन क्या मैं वहाँ आऊँगा, जहाँ से भागकर गया था?"

फिर एक दोपहर — डाकिया एक सरकारी लिफ़ाफ़ा लेकर आया और भीतर था उसका पहला नियुक्ति पत्र। "आपको Sub-Divisional Magistrate (SDM) पद पर गिरिडीह ज़िले के मधुबन प्रखंड में नियुक्त किया जाता है।" राजू की साँस जैसे थम गई। उंगलियों से कागज़ सहलाते हुए उसने धीरे से कहा: "बिलकुल वही जगह... जहाँ बाबा को रास्ते पर गोली मार दी गई थी।" वो कागज़ सीने से लगाकर बाहर निकला और आसमान की ओर देखा। "बाबा... मैं अब लौट रहा हूँ। इस बार... हाथ में किताब नहीं, सरकार की मुहर है।"

2. माँ की नज़र

रात को माँ आँगन में बैठी थी, कपड़े धोते हुए कुछ गुनगुना रही थी। राजू पास बैठा, और धीरे से बोला: "माँ, मेरी पोस्टिंग गिरिडीह में हुई है... मधुबन प्रखंड..." माँ का हाथ थम गया। चेहरे की रेखाएँ सख्त हो गईं। उसकी पुतलियाँ काँप उठीं। "जहाँ तेरे बाबा..." (शब्द गले में अटक गए।) राजू ने माँ की हथेली थामी: "माँ, मैं बदला लेने नहीं जा रहा... बदलाव लाने जा रहा हूँ।" "अब उस ज़मीन पर मौत नहीं — मोहब्बत बहेगी। बच्चे अब गोली की आवाज़ नहीं, स्कूल की घंटी सुनेंगे।"

माँ ने कुछ देर तक सिर्फ़ उसे देखा। फिर माथा चूमा और कहा: " बेटा... लेकिन तुझमें मेरा दिल धड़कता है — उसे ज़िंदा रखना।"

3. पहली जिप्सी — और वही पुरानी धूल

तीन दिन बाद।

सरकारी जिप्सी घर के बाहर खड़ी थी — ड्राइवर सलामी दे रहा था। राजू अब कुर्ता-पायजामा में नहीं, सरकारी नेमप्लेट वाला कोट पहने था — Rajendra Munda, IAS

माँ ने आरती उतारी। गाँव के बच्चे पीछे-पीछे भागे। गाड़ी ने गाँव की सड़क पकड़ी जो अब भी टूटी थी, उबड़-खाबड़ थी। ड्राइवर ने कहा: "सर, रास्ता बहुत खराब है... थोड़ा हिचकोले लगेंगे।" राजू ने खिड़की से बाहर झाँका — जहाँ वही मोड़ थे, वही पीपल, वही चाय की दुकान। "भाई, यही तो रास्ता है जिसने मुझे अफसर बनाया है।
बस... ज़रा धीरे चलना — मैं हर मोड़ को पहचानना चाहता हूँ।"

❦

4. ऑफिस की पहली सीढ़ी — जब कुर्सी नहीं, कसम दिखी

SDM कार्यालय — मधुबन प्रखंड। दफ्तर के बाहर पुलिस गार्ड, भीतर फाइलों की मोटी तहें। राजू की आँखें सामने गईं, जहाँ लकड़ी की कुर्सी पर सफेद तौलिया बिछा था। दीवार पर लगी पट्टिका में नाम खुदा था: "Rajendra Munda, IAS — SDM, Madhuban Block"

कुर्सी पर बैठते ही उसकी नज़र दीवार की दूसरी तरफ गई —
जहाँ झारखंड के शहीद अफसरों की तस्वीरें टंगी थीं। कई
तस्वीरें ब्लैक एंड व्हाइट — कुछ मुस्कुराते हुए चेहरे, कुछ
स्वतंत्रता सेनानी कुछ पुरुष कुछ स्त्री, पुरुषों में जैसे- तिलका
मांझी, सिदो मुर्मू और कान्हू मुर्मू, बिरसा मुंडा, जतरा भगत
आदि। वही स्त्रियों में फूलो और झानो मुर्मू, जतरा ताना
भगतन, दुर्गा देवी वोहरा आदि। जिनकी आँखों में अधूरी
लड़ाइयाँ थीं।

राजू ने धीरे से कहा: "मैं कुर्सी पर नहीं बैठा हूँ... मैं उन वीरों की
छाया में बैठा हूँ — जिन्होंने जान देकर अपने आने वाली
पीढ़ियों के लिए ये रास्ता आसान किया है।"

෦෨

5. पहला निरीक्षण — उसी खेत में वापसी

पहली सुबह। राजू कोई उद्घाटन या प्रेस मीट के लिए नहीं
गया। उसने सरकारी जिप्सी रुकवाई और पैदल चला उस खेत
की ओर, जहाँ उसके पिता की हत्या हुई थी। खेत अब बंजर
था। घास सूखी थी, हवा शांत थी। राजू ज़मीन पर बैठ गया,
दोनों हथेलियाँ मिट्टी में गड़ाई। आँखें बंद कर लीं और याद
आया वो दृश्य — बचपन, चीख, खून, और माँ की सिसकी।

फिर उसने धीरे से कहा: "बाबा... अब मैं लौट आया हूँ। अब इस
खेत से सिर्फ़ फसल निकलेगा, आँसू नहीं। अब यहाँ बच्चे
खेलेंगे, और स्कूल की घंटी बजेगी।"

෦෨

29

पुराने डर से सामना

दोपहर का समय था। राजू SDM कार्यालय से लौटकर अपनी टेबल पर बैठा ही था, कि एक चपरासी ने एक सादे लिफ़ाफ़े को उसके सामने रख दिया। कोई नाम नहीं। कोई सरकारी मोहर नहीं। बस लिफ़ाफ़े में एक हल्की सी धड़कन थी — जो बिना कुछ कहे भी बहुत कुछ बोल रही थी। राजू ने धीरे से लिफ़ाफ़ा खोला। भीतर टाइपराइटर से टाइप किया गया एक कागज़ था — सिर्फ़ एक वाक्य: "जिस मिट्टी में तेरा बाप गिरा था, अब वहाँ तू गिरेगा। सरकारें आती-जाती हैं, पर हमारा बंदूक हमेशा तैयार रहती है।"

राजू की उंगलियाँ ठंडी हो गईं लेकिन चेहरा स्थिर रहा। वो कुछ पल खामोशी में बैठा रहा। फिर उसने कागज़ को मोड़ा, और अलमारी में नहीं — अपनी जेब में रखा। "डर कर छुपने वालों से ज़्यादा खतरनाक वो होते हैं जो सामने मुस्कराते हैं।" उसने मन ही मन सोचा।

൭

2. एसपी की रिपोर्ट — "सर, ये सीरियस है"

अगली सुबह SP ऑफिस में एक उच्च स्तरीय बैठक बुलाई गई। राजू, SP, CRPF के कमांडेंट, और ज़िले के खुफिया अधिकारी मौजूद थे। "सर, हमारे इनपुट के अनुसार ये धमकी सीरियस है," SP ने कहा। "आपके मूवमेंट्स अब से बख्तरबंद वाहन में होंगे। मीडिया से दूरी रखिए, और सीमित स्थानों पर जाएँ।"

राजू चुपचाप सब सुनता रहा। उसने धीरे से कागज़ निकाला जिसमें धमकी लिखी थी, और सबके सामने रखा। फिर उसने आँखें उठाईं और कहा: "अगर जनता मुझसे बुलेटप्रूफ के पीछे बात करेगी, तो भरोसा नहीं बन पाएगा। मैं इस सीट पर बैठने नहीं — उनके दिल में जगह बनाने आया हूँ।" "और अगर मौत आनी ही है, तो मैं उससे पीठ नहीं — आँख मिलाकर बात करूँगा।"

कमरे में सन्नाटा था, CRPF कमांडेंट ने सिर्फ़ इतना कहा: "Sir, we'll stand where you stand."

൭

3. गाँव की सभा — जब जनता ने डर को धकेल दिया

राजू ने फैसला लिया, जिस गाँव से धमकी आई थी, वहीं अगली खुली सभा की जाएगी। SP और बाकी अफसरों ने मना किया। पर राजू ने कहा: "डर से जीतने का एक ही तरीका है — उसी की आँखों में देखना।"

सभा के दिन गाँव में सन्नाटा था। लोग घरों से बाहर तो आए थे, लेकिन चेहरों पर आशंका, चुप्पी, और सवाल थे। राजू मंच पर चढ़ा बिना किसी सुरक्षा घेरे के। उसने माइक उठाया और सीधे बोलना शुरू किया: "मैं सरकार नहीं हूँ। मैं वही बच्चा हूँ जो यहाँ के खेतों में खेलता था। आज मैं अफसर हूँ लेकिन आपकी मिट्टी से ही बना हूँ। अगर अफसर डरेगा, तो जनता फिर कभी भरोसा नहीं करेगी। मुझे नहीं चाहिए बुलेटप्रूफ। मुझे चाहिए आपका साथ। और जिस बंदूक की भाषा में चिट्ठी आई है — मैं उसे स्कूल की भाषा में जवाब दूँगा।"

तालियाँ नहीं बजीं लेकिन आँखें बोलने लगीं। एक बुज़ुर्ग उठे — हाथ काँपते थे, पर आवाज़ में लहर थी: "बेटा... अगर तू खड़ा है, तो अब हम भी डरकर नहीं बैठेंगे।"

☙

4. खेत की मिट्टी — जब एक पौधा बोया गया

उसी शाम, राजू अपने पिता की हत्या वाली जगह पर गया।इस बार अकेला नहीं, उसके साथ गाँव के बच्चे थे। उनके हाथों में एक पौधा था — पीपल का। राजू ने खुद अपने हाथों से गड्डा खोदा, और पौधा उसमें लगाया। "इस पौधे को कोई सरकारी अफसर नहीं — आप सब मिलकर सींचेंगे। जब ये बड़ा होगा

— तो हमारी आने वाली पीढ़ियाँ जानेंगी कि इस ज़मीन ने बंदूक नहीं — भरोसे को चुना था।"

बच्चे तालियाँ नहीं बजा रहे थे, वे मिट्टी छू रहे थे।वो मिट्टी जो आज पहली बार संवेदनशील और सुरक्षित लगी।

30

ऑपरेशन 'शांति' – गाँव-गाँव से नक्सलियों का सफाया

1. पहली बैठक — जब नक़्शे से पहले ज़मीन देखी गई

SDM कार्यालय में सुबह की आपात बैठक थी। कमरे में मौजूद थे: SP, CRPF कमांडेंट, DDC (District Development Commissioner), और पंचायत समिति के प्रमुख। टेबल पर नक़्शे फैले थे — लाल घेरे उन गाँवों को दर्शा रहे थे जहाँ नक्सली प्रभाव सबसे गहरा था।

राजू खड़ा था लेकिन उसकी नज़र नक्शे पर नहीं, कमरे की खिड़की से बाहर उस मिट्टी पर थी। "हम इन लाल बिंदुओं को मिटाना चाहते हैं — पर ज़रा सोचिए, अगर वहाँ स्कूल, रोज़गार और सम्मान हो... तो कौन बच्चा बंदूक उठाना चाहेगा?" सबने एक-दूसरे की तरफ देखा। राजू ने आगे कहा: "हम गोली से जंगल जीत सकते हैं — लेकिन दिल नहीं।"

༄

2. योजना बनी — नाम रखा गया 'ऑपरेशन शांति'

राजू ने अपनी योजना तीन स्तंभों पर खड़ी की:

1. संवाद सभा: हर प्रभावित गाँव में खुली मीटिंग, जहाँ *SDM* स्वयं बिना सुरक्षा कवच के मौजूद रहेंगे। प्रशासन और जनता के बीच सीधा संवाद।

2. आत्मसमर्पण नीति: जो नक्सली आत्मसमर्पण करेगा — उसे मिलेगा ₹50,000 का पुनर्वास पैकेज, स्किल ट्रेनिंग, और रोजगार।

3. नई सुबह योजना: हर गाँव में युवाओं के लिए खेल मैदान। महिलाओं के लिए स्वरोज़गार प्रशिक्षण। सोलर स्ट्रीट लाइट, ओपन लाइब्रेरी, और छात्रवृत्ति योजना।

पंचायत प्रमुख ने कहाः "सर, ये सिर्फ़ ऑपरेशन नहीं — ये एक आस्था का पुनर्निर्माण है।"

❧

3. पहली सभा — जब डर नहीं, संवाद हुआ

पहली सभा रखी गई — ग्राम दुराबाड़ी में। एक ऐसा गाँव जहाँ पिछले 7 सालों से कोई अफसर नहीं गया था। राजू जिप्सी में नहीं, पैदल पहुँचा। साथ में सिर्फ़ दो क्लर्क थे — कोई गनमैन, कोई जैकेट नहीं। गाँव के लोग जमा हो गए। कुछ छतों से झाँक रहे थे, कुछ जमीन पर दूर बैठकर देख रहे थे। राजू ने मंच नहीं बनाया। बस एक पेड़ के नीचे बैठ गया और बोलाः "मैं सरकार नहीं, आपका बेटा हूँ। बताइए — स्कूल क्यों बंद है? राशन क्यों नहीं आता? लड़के हथियार क्यों उठाते हैं?"

पहले सन्नाटा रहा। फिर एक बुजुर्ग आगे आए धोती पहने, लाठी के सहारे। "सर... जब कोई हमारे साथ नहीं खड़ा होता — तब वो बंदूक हमें सहारा देती है। लेकिन आज पहली बार कोई बिना बंदूक के हमारे साथ बैठा है। तो अब हम भी आवाज़ देंगे...
बंदूक नहीं।"

पूरा गाँव तालियाँ नहीं बजा पाया क्योंकि कई की आँखें नम थीं, हथेलियाँ कांप रही थीं।

❧

4. आत्मसमर्पण — जब AK-47 ज़मीन पर रखी गई

अगले दो हफ़्तों में, राजू और उसकी टीम ने 14 गाँवों में 'शांति सभा' की। हर सभा में एक ही बात कही: "जो आत्मसमर्पण करना चाहे — वह चौपाल में आए।
उसे दंड नहीं मिलेगा — दस्तावेज़ और दिशा मिलेगी।"

15 दिनों में 32 नक्सलियों ने आत्मसमर्पण किया। सबसे पहले आत्मसमर्पण करने वाले युवक ने कहाः "सर... हम हर दिन सोचते थे कि आप जैसे अफसर झूठे होते हैं लेकिन जब देखा — आप सच में अकेले आते हैं, तो हमें भरोसा हो गया कि डर की जगह भरोसा ले सकता है।"

उन्होंने अपने हाथों से AK-47 ज़मीन पर रखी और उसे फूलों से ढँक दिया।

◦৺০

5. 'नवजीवन केंद्र' — जहाँ खून की जगह हुनर बहा

राजू ने ज़िले में 'Navjeevan Center' शुरू किया। यह सिर्फ़ पुनर्वास केंद्र नहीं था — यह आत्मसम्मान की पाठशाला थी।

यहाँः आत्मसमर्पण करने वाले युवक इलेक्ट्रिशियन, मिस्त्री, और कम्प्यूटर ऑपरेटर बनने लगे।
महिलाएं सिलाई, हस्तशिल्प, और मशरूम खेती सीखने लगीं।
हर शाम बच्चों के लिए ओपन लाइब्रेरी और फिल्म क्लब शुरू

हुए।

राजू अक्सर वहाँ जाकर बैठता, बिना *IAS* की पहचान के — कभी कंप्यूटर कीबोर्ड सिखाता, कभी बच्चियों को कहानी पढ़कर सुनाता। "मुझे अफसर नहीं चाहिए — मुझे वो इंसान चाहिए जो खून की जगह हुनर बहाए।"

๑๑

6. मीडिया आई — और बदलाव को कैमरे मिले

धीरे-धीरे ये प्रयास मीडिया तक पहुँचे। *Prabhat Khabar, Dainik Jagran, Hindustan, ...*
सभी पत्रकार मधुबन पहुँचे।

राजू से पूछा गया: "सर, इस बदलाव का श्रेय आपको जाता है...
आपको कैसा लग रहा है?"

राजू ने कैमरे की तरफ देखा और कहा: "यह सफलता मेरी नहीं — उस माँ की है जो अब अपने बेटे को किताबें उठाने दे रही है — बंदूक नहीं।" "मुझे सिर्फ़ एक चीज़ चाहिए — अगली बार जब कोई राजू पैदा हो...
तो उसे *UPSC* की दौड़ में कछुआ ना बनना पड़े।
उसे दौड़ से नहीं — सपनों से जोड़ो।"

๑๑

31

गाँव में उम्मीद के फूल

<u>1. वो सुबह — जब पहली घंटी बजी</u>

सूरज अभी पूरी तरह निकला नहीं था। लेकिन मधुबन प्रखंड में, एक नई सुबह की घंटी बज चुकी थी।क्योंकि आज...
'धर्मेन्द्र आदर्श विद्यालय' का उद्घाटन था —
एक ऐसा स्कूल, जो राजू के पिता के नाम पर बनाया गया था।
कोई नेता नहीं बुलाया गया था। कोई फीता नहीं कटा। पर पूरे गाँव की आत्मा वहाँ मौजूद थी। बच्चों ने रंगीन पतंगें उड़ाईं। बुज़ुर्गों ने मंत्र पढ़े और राजू ने खुद झंडा फहराया। झंडे की डोरी खींचते वक्त उसकी आँखें आसमान की ओर उठीं —
जैसे वो बाबा से कह रहा हो: "अब ये स्कूल तुम्हारी समाधि है — जहाँ ज्ञान तुम्हारा उत्तराधिकारी बनेगा।"

राष्ट्रगान के बाद राजू माइक पर पहुँचा और कहा: "आज मैं अफसर नहीं — उस किसान का बेटा हूँ जिसे किताबों पर यकीन था। और ये स्कूल — उस अधूरे सपने की इमारत है।"

☙

2. माँ की थाली — अब चावल में आँसू नहीं, घी था

उद्घाटन के बाद जब राजू घर लौटा — माँ मिट्टी के चूल्हे पर खास खिचड़ी बना रही थी। खिचड़ी जिसमें घी की खुशबू थी और माँ की आँखों में अब आँसू नहीं, सुकून था। थाली में परोसते हुए माँ बोली: "जब तू छोटा था तो चुपचाप खाता था,आज बोलते हुए भी तू मेरी भूख मिटा रहा है बेटा।"

राजू ने माँ की थाली से पहला निवाला लिया — मुँह में गया नहीं कि आँखें भर आईं। "माँ... अब ये खाना सिर्फ़ पेट नहीं — आत्मा को तृप्त करता है।"

माँ मुस्कराई। बोलना नहीं पड़ा। कभी-कभी प्रेम रोटियों में लिपटकर आता है।

❧

3. खेत की दीवार पर बना रंगीन चित्र

गाँव के बच्चे अब दीवारों पर चित्र बना रहे थे। एक चित्र में एक सरकारी जिप्सी थी, जिसमें लिखा था: *"IAS Rajendra Munda"* बगल में एक स्कूल की घंटी, और नीचे लाल, नीली चॉक से लिखा था: "अब डर नहीं — पढ़ाई चलेगी।"

राजू वहाँ पहुँचा, दीवार को देखा और कुछ पल बच्चों के साथ
बैठ गया। उसने खुद भी एक रेखा खींची और नीचे लिखा: "हर
बच्चा अफसर हो सकता है — बस उसे डराना बंद करो।"

❧

4. पुरस्कार — पर सबसे बड़ा पुरस्कार एक पत्र था

कुछ ही महीनों में -
राजू के काम की गूंज राज्य भर में फैल गई। सरकार ने उन्हें
"सर्वश्रेष्ठ युवा अधिकारी" से सम्मानित किया। राज भवन में
बड़े अफसर, पत्रकार, और मंत्रीगण उपस्थित थे। राजू ने मंच
पर जाकर पुरस्कार लिया लेकिन कोई भाषण नहीं दिया। "मेरे
शब्द गाँव की गलियों में हैं — मंच पर नहीं।"

पर असली पुरस्कार उन्हें उस शाम मिला जब उन्हें एक हाथ से
लिखा हुआ पत्र मिला। पत्र एक युवती ने भेजा था जिसका भाई
आत्मसमर्पण कर चुका था। "सर, आज मेरा भाई घर लौट
आया है। माँ के पाँव दबाता है, और बच्चों को स्कूल भेजता है।
आपने उसे नहीं बदला — आपने हमें वापस लाया है।"

राजू ने वह पत्र अपने तकिये के नीचे रखा था जहाँ कोई तमगा
नहीं, बस आत्मा सोती है।

❧

5. अंतिम दृश्य — अब कोई राजू पीछे नहीं छूटेगा

एक शाम —
राजू अपने पुराने स्कूल के बाहर एक पत्थर पर बैठा था। सामने बच्चों की क्लास चल रही थी — किसी ने कहानी सुनाई, किसी ने कविता। तभी एक बच्चा आया जिसकी चाल में हल्की लंगड़ापन थी। वो झिझकते हुए बोला: "सर... लोग मुझे भी चिढ़ाते हैं। लेकिन मैं भी अफसर बनूँगा — आप जैसे।"

राजू झुका, उसका हाथ थामा, और मुस्कराकर कहा: "तू मुझसे तेज़ भागेगा बेटा...
क्योंकि अब तुझे कोई डर नहीं।"

फिर उसने आसमान की ओर देखा — जैसे कोई अध्याय पूरा हुआ हो।

෴

उपन्यास समाप्त

"*UPSC की दौड़ में कछुआ*"

अब सिर्फ़ एक कहानी नहीं —
हर संघर्षशील युवा का परिचय है।

जो गिरता है,
लेकिन रुकता नहीं।
जो लड़ता है,
लेकिन हारता नहीं।
जो कछुआ है —
लेकिन दौड़ जीतने वाला है।

पाठकों के लिए धन्यवाद

प्रिय पाठक,

यदि आप इस उपन्यास के अंतिम पृष्ठ तक पहुँचे हैं,
तो यह मेरे लिए सबसे बड़ा सम्मान है।

"UPSC की दौड़ में कछुआ"

कोई साधारण कहानी नहीं, बल्कि उन सभी युवाओं की प्रेरणा है
जो कठिनाइयों के बावजूद, सपनों से मुँह नहीं मोड़ते।
आपका साथ — इस यात्रा में मेरे लिए बहुत कीमती है।
आपके समय, ध्यान और भावना का मैं हृदय से आभार प्रकट करता हूँ।
अगर यह कहानी कभी आपके दिल को छू गई,
अगर किसी वाक्य ने आपको हौसला दिया,
तो मैं विनम्रता से आपसे आग्रह करता हूँ —

इस पुस्तक को किसी ऐसे व्यक्ति तक पहुँचाइए,
जो संघर्ष कर रहा हो, टूट रहा हो, पर अब भी उम्मीद से जुड़ा
हो।

अपनी राय, अनुभव, या एक संदेश मुझे ज़रूर लिखिए —
क्योंकि लेखक का असली पुरस्कार वही होता है।

**आपका प्रेम, आपका विश्वास, और आपकी प्रतिक्रिया —
मुझे और लिखने की शक्ति देंगे।**

शब्दों से सजी इस यात्रा में,
आपका साथ मिला — इसके लिए धन्यवाद।

**सप्रेम,
— डी. पी. साहू**
Email/Feedback - dps007zhin2@gmail.com